JOSÉ RAMÓN TORRES

A mi esposa Liz y a mis hijos Daniel y Amelia,

por el tiempo que este libro les ha robado.

Índice

El comunicado

Como consecuencia de la dolorosa muerte de un guardián de la sede diplomática del Perú y ante la actitud tolerante del gobierno de dicho país con semejantes malhechores, el Gobierno Revolucionario de Cuba ha decidido retirar la custodia a dicha sede diplomática. De ahora en adelante los funcionarios de la misma serán los únicos responsables de lo que ocurra en su embajada. No podemos proteger embajadas que no colaboren a su protección.

(Diario *Granma*, La Habana, Cuba, viernes 4 de abril de 1980)

El patio

Caída la tarde del sábado 5, la cantidad de asilados se acerca a los diez mil. Un enjambre de gente se afana por llegar a la embajada en busca de asilo. Entre los que han conseguido entrar están la decena de estudiantes de la Universidad de La Habana que llegó hacia las nueve de la mañana, los tres choferes de autobuses con parada cercana que abandonaron su puesto de trabajo y el conductor del camión cisterna que fue a llevar agua y allí se quedó.

Provenientes de la playa, acaban de llegar tres jóvenes semidesnudos. Antes de dar el paso, uno de ellos detiene a un taxista y le entrega una nota improvisada con la dirección de sus familiares para que los traiga. Con el papelito le deja un reloj, una gorra, una careta de buceo y la promesa de que la carrera será la mejor pagada de su vida.

—¿Te acuerdas de la mujer que dijo que había parido aquí y pidió un avión para que la llevaran de urgencia a Perú? —pregunta una señora blanca en canas a otra recostada contra la perrera—. Pues, niña, resulta que al bebé lo había traído sin autorización de Maternidad de Línea en una sábana toda embarrada en sangre.

—¡No me digas!

—Como te lo cuento.

A escasos metros de las señoras, un hombre envuelto en la bandera peruana vocifera entre la muchedumbre:

—Yo soy el Perú y a mí no hay quien me toque. Ni la policía ni el ejército ni nadie. ¡Nadie!

Ángel contempla entre admirado y conmovido el espectáculo del que forma parte en los jardines de la casona. No está nada convencido de lo que dice el chiflado de la bandera, pero ahora tiene otro asunto más importante por el que preocuparse: la cercanía de un sujeto de nariz aplastada como por golpe de puño que parece mirarlo con fijeza desde el suelo. Le consta que el tipo lleva encima una hoja de segueta larga y filosa con empuñadura de esparadrapo. ¿Mira especialmente a Ángel o es este quien imagina la aviesa mirada? ¿Será por el miedo que brotan en el cerebro estos peligros probablemente inexistentes?

Miedo, sudor y hambre. Quizás sean las sustancias primordiales, los bloques con los que se construye la vida. ¿Hay mucho más desde la punta de Maisí hasta el cabo de San Antonio? ¿En Guantánamo, Holguín, Camagüey, Cienfuegos, Matanzas o Pinar del Río? ¿Habrá algún rincón en la isla donde el hambre, el sudor y el miedo no colmen la vida e invadan los sueños?

*****

Cada minuto que pasa, llegan cientos de personas y los ánimos están bien exaltados. El sábado, unos salvajes le entraron a golpes a una pareja joven que quería regresar a su casa. Entonces no salieron a relucir navajas, pero ayer otros amenazaron con acuchillar a un pobre infeliz que se había encaramado a una mata de mangos, y todo porque de sus zapatos cayó un poco de tierra. Esta no es la imagen de asilado que Ángel tenía. Suponía que todo sería más pacífico, más solidario, y no un anticipo del mismísimo infierno. Hasta ir a tomar agua o a mear está resultando peligroso. Uno no sabe qué puede pasar si, por casualidad, involuntariamente, tropieza con un codo o una pierna extendida. La consigna es agruparse y cuidar el espacio de quien se ausente del grupo unos minutos, pero también se han dado conflictos por esto. A ver si sin querer roza con el pie la pierna del ñato y recibe un tajo profundo en el talón de Aquiles que lo deja desangrándose. Terminaría por abandonar la embajada arrastrando el pie herido.

¿Acaso se le pudo haber ocurrido tan solo tres días atrás que vendría a parar a este rincón? Tal vez uno nunca decida nada. Las circunstancias. Siempre son las circunstancias las que al fin y al cabo lo definen todo, piensa. Y Mireya, que lo ha arrastrado hasta aquí. ¿Es Mireya una circunstancia? Qué estúpido pensamiento, se dice al instante. En otro momento le habría dado por reír, pero ahora no está para risas. Ahora está sudando y tiene hambre. Y miedo, por qué negarlo. Tiene mucho miedo. Conoce bien el lugar por los tres días que lleva en él, a la intemperie, sin ducharse y sin apenas probar bocado, y ha visto un tramo de cerca por el que podría saltar y esfumarse, pero al mínimo indicio de deserción la turba responde con agresiones.

La muchedumbre y el caos impiden que atisbe mucho más allá de donde está, aunque se empine y estire el cuello. Piensa que debería atreverse a comprobar si el nuevo murmullo está relacionado con la distribución de las pocas cajitas de comida que suministra el gobierno, pero se dice que a sus casi cuarenta años no le sale a cuenta arriesgar el magro pellejo por tan poca cosa. De todos modos, la comida siempre se la quedan los prepotentes, que también sudan, pero tienen menos miedo y pasan menos hambre.

*****

La hija de doce años recién cumplidos de Mireya no hace demasiadas preguntas, pero tampoco tiene buen semblante: se le marcan unos surcos violáceos bajo los ojos y su mirada es triste, enconada. Ángel le acaricia la cabeza. Le resulta curioso estar preocupándose por Sofía cuando se encuentra a punto de dejar atrás a sus propios hijos, tal vez para siempre. Si no se sintiera tan cansado, tan superado por las malditas circunstancias, acaso soltaría unas lágrimas por ellos, pero sabe que el llanto en su caso ha aguardado demasiados años inmóvil, cuajado, como para salir ahora a la superficie. Se pregunta si a Eduardo le habrán dado pase de la unidad militar. Si llega al cuarto, verá la nota de despedida que le ha dejado sobre la mesa. ¿Y Emilia? Ángel confía en que su hija y Pepe puedan arreglárselas solos, como hasta ahora. Lo cierto es que ellos no le preocupan tanto como Eduardito. Cuando el muchacho se encuentre con el hecho consumado del asilo a sus espaldas, no lo perdonará.

Una ligera brisa le trae un olor a vegetación que lo transporta a la niñez, cuando enloquecía por ayudar a pelarle el pellejo con una cuchilla de afeitar y agua bien caliente al puerco recién matado por su padre, por meterle en el tajo sangrante del cuello un gajo de guayaba y darle vueltas mientras se asaba.

Mientras Ángel rememora aquellos tiempos, una voz de mujer empieza a entonar las notas del himno nacional cubano y el canto se propaga con cansancio entre los asilados como si sus débiles cuerpos resonaran y las ondas sonoras reverberaran en sus huesos. Las miradas se encuentran y se reconfortan. Sin gestos. Sin aspavientos.

*****

Hacia las seis de la tarde, desde la cola para hacer uso de la pila de agua, Ángel ve llegar dos Alfa Romeo y un lujoso automóvil negro a la confluencia de la calle 72 y la Quinta

Avenida. La gente comenta que se trata del famoso ZIL de Fidel. En varios momentos de su vida, Ángel ha llegado a pensar que el Comandante en Jefe es una deidad enfundada en verde olivo, pero hoy puede corroborar que posee una existencia corpórea. Es la primera vez que lo tiene tan cerca y se pregunta por qué habrá querido acudir en persona a la embajada. Seguramente la suerte de los asilados dependerá de lo que diga y haga el Comandante en las siguientes horas.

Las sinapsis en el cerebro de Ángel se agolpan. ¿Qué habrá llevado hasta allí a Fidel? En medio de las graves tensiones con Venezuela y Perú sobre el derecho de asilo en sus sedes diplomáticas en La Habana, el Jefe tuvo que haberse reunido con varios altos mandos de la Revolución para decidir si retiraba la vigilancia policial de las dos embajadas.

—Mis asesores creen que podría haber problemas si retiramos a los custodios —quizás le haya advertido alguien como el ministro del Interior o el jefe de la Seguridad del Estado.

—En estas circunstancias tenemos que ser sensatos. Quitar la vigilancia de cualquier embajada tiene sus riesgos —habrá alertado el hermano de Fidel, general de ejército y ministro de las Fuerzas Armadas Revolucionarias.

Esta mañana, sin embargo, quizás frente a un informe llegado a su despacho en el Palacio de la Revolución que cifraba a los asilados en diez mil, el Comandante habrá decidido comprobarlo con sus propios ojos.

Para llegar a la embajada, habrá sentido el agarre de los neumáticos del ZIL sobre el pavimento al cruzar las calles con números pares en el barrio de Miramar. Esta parte del recorrido Ángel se la imagina impregnada del olor del mar, pero tal vez el Hombre haya venido demasiado ofuscado como para notarlo. ¿Lo habrá regocijado que los edificios de los hoteles y casinos de antaño en las cuadras paralelas a la avenida ya no sirvan a sus fines originales? Ha limpiado de ladrones de guante blanco toda la zona y ahora recorren sus calles niños en uniforme escolar con libros y sonrisas, extranjeros amigos de la Cuba socialista y trabajadores integrados en ella. Los cubanos adinerados que ocupaban estas opulentas residencias en los años 50 las abandonaron con el triunfo de la Revolución, que primero las transformó en escuelas y albergues para los estudiantes del interior becados en La Habana, y luego, a medida que se fueron construyendo centros educativos por todo el país, en embajadas y firmas extranjeras con presencia comercial en la isla. Tampoco queda el mínimo vestigio de los garitos y prostíbulos de mala muerte que antes del 59 se extendían vergonzosamente por el lado sur de la avenida, a escasos metros de los exclusivos clubes náuticos y sociales del lado norte, pasada la rotonda del antiguo parque de diversiones Coney Island.

Mientras Ángel recita en silencio esta suerte de panfleto gubernamental, consciente de que entona una canción pegajosa, algo así como aquellas nanas con que su madre solía dormirlo cuando niño, el Comandante en Jefe baja el cristal de la ventanilla trasera del ZIL detenido. Puede observar a los refugiados subidos al techo de la casa, con las manos alzadas y formando el signo de la victoria en desafío a un helicóptero que sobrevuela el área. Ángel supone que el Hombre se esté preguntando si se ha pasado. Seguro que lo único que quería era aleccionar a Venezuela y Perú por respaldar los repetidos intentos de asilo, pero ahora este espectáculo amenaza con ensombrecer sus esfuerzos de distensión. El país vive en los últimos años no solo una luna de miel con su poderoso enemigo, sino incluso momentos de verdadera gloria internacional. Se enfrenta con éxito a uno de los ejércitos más poderosos del mundo en Angola. Ha servido de anfitrión a eventos como el XI Festival Mundial de la Juventud y los Estudiantes del 78, o la Cumbre de los Países No Alineados del 79.

El Comandante sale del automóvil, cierra con fuerza la puerta y da unos pasos hacia la entrada de la embajada. Los cientos de asilados apretados contra la cerca comienzan a retroceder en silencio y un funcionario logra salir a la calle. Ángel se pregunta si se trata de un pelagatos cualquiera o del encargado de negocios o agregado cultural, pues la hora es bastante intempestiva como para que esté el embajador. En cualquier caso, Fidel le dirige unas palabras al peruano, le echa un brazo por encima del hombro y se lo lleva con él al ZIL.

*****

El silencio reinó durante gran parte de la mañana. Hasta que una frase, unos simples sonidos dispuestos en el tiempo con un orden y un significado arbitrarios, devolvieron el alma a los once mil cuerpos apilados sobre el césped, la perrera, el techo y los árboles.

—¡Están dando salvoconductos!

En menos de diez minutos se confirman los rumores: el gobierno ha empezado a conceder el permiso para que regresen a sus casas y vuelvan cuando quieran; basta con solicitarlo. Les garantizan que viajarán al extranjero mediante trámites de la embajada en cuanto obtengan el consentimiento del país receptor. No puede tratarse de otro "informe" transmitido por "El Telefónico", como han dado en llamar a uno de los asilados que se las ingenió para llevarse un terminal de teléfono del interior de la embajada y colocarlo de extensión en el jardín, pues hace un par de días que los peruanos recuperaron el aparato. Gracias a él, toda negociación entre los funcionarios peruanos y cubanos llegaba a conocimiento de la multitud, que la divulgaba, comentaba y distorsionaba a sus anchas en cuestión de segundos.

Varios asilados que se han entrevistado con el personal de la embajada regresan a sus domicilios. La entrevista, según dicen, consiste en una conversación informal en la que uno de los peruanos intenta disuadirlos del asilo político y, al ver que persisten en su propósito, les entrega un salvoconducto. El encuentro termina al instante de modo amable.

Algunos van saliendo y no piensan volver a la embajada a menos que sea estrictamente necesario. Muchos otros se niegan a abandonar el lugar.

—Ángel, esta niña se nos va a desmayar —le echa en cara Mireya, y el ceño severo no le desaparece del rostro—. Por lo que más quieras, muévete por ahí a ver si consigues algo de comer.

—Acabo de dar una vuelta y no he encontrado nada. Voy a traerle un pañuelo empapado en agua para que se refresque. Si han empezado a dar salvoconductos, quiere decir que la cosa empieza a destrabarse.

—Tú lo que no tienes es cojones para enfrentarte a esos tipos y decirles que aquí hay menores sin comer desde hace días.

—No es eso, Mireya. Nada más son un par de cajitas las que nos tiran por encima de la cerca. Me apuesto lo que quieras a que lo hacen para ver cómo nos matamos por ellas. ¿Tú has visto alguna? ¿Sabes lo que tienen dentro? Ya te han aconsejado que vayas al punto de atención sanitaria para que te tomen la presión y te den un vaso de agua con azúcar, a ver si se lo puedes traer a Sofía. No acabas de entender...

—El que no entiende nada eres tú, chico, que siempre estás en el limbo. Yo no sé por qué cargué contigo si lo único que haces es estorbar.

Ángel no atina a responder. Solo puede culparse por haberla seguido a ciegas. Intenta explicarse cómo se dejó enredar de tal manera.

El viernes por la tarde, había llegado a casa de ella todo sudado, derrengado por la larga jornada de trabajo en el taller y por la caminata bajo el sol. Al cerrar la puerta, se detuvo un par de segundos para respirar hondo y sentir el frescor de los escalones de mármol y los azulejos en las paredes. Atrás habían quedado el polvo, el calor y el ruido de la calle. En parte aliviado con esta pausa, comenzó a subir sin prisa las escaleras mientras se anunciaba. Como nadie respondió a sus voces, decidió volver a parar un instante y disfrutar con calma de la quietud hogareña. No le venía nada mal estar un rato a solas.

—¡Qué temprano, puchi! ¡Cuánto me alegro! ¡Ni que te llamara con el pensamiento!

Ángel respondió con un resoplido. Apenas podía ver el contorno de la figura de Mireya, en lo alto de la escalera, con la luz natural del patio interior detrás.

—¿Ya te enteraste? Le han quitado la protección a la embajada de Perú porque al parecer unos tipos metieron una guagua contra la reja y mataron a un custodio.

Era inusual que su mujer viniera hasta aquella parte de la casa a recibirlo. Y desconcertante que le hablara atropelladamente mientras bajaba los escalones.

—Alfredo trajo el periódico y tuve que rogarle para que me lo dejara. Léelo tú mismo.

—Un momento, ¿no? Déjame llegar —protestó Ángel mientras subía.

—Me dijo que no podía esperar, puchi, pero que, si nos vamos con él, podemos quedarnos a vivir en casa de su familia en Hialeah cuando lleguemos a Estados Unidos.

—A ver. ¿Ustedes se han vuelto locos o qué? Explícame qué va a hacer Alfredo en Estados Unidos con un solo ojo y sin hablar palabra de inglés. Esto para empezar.

Agitada, Mireya empezó a desandar el medio tramo de escaleras que había bajado. Al llegar al descanso, cogió aire antes de preguntar a su vez:

—¿Tú no sabes que su hermano es jefe de mantenimiento de un hotel y que también es dueño a medias de un garaje en Miami Beach? Ese hasta puede colocarte a ti en cuanto llegues, para empezar. Así que no hables tan a la ligera.

—¿Hotel? ¿Garaje? Me desayuno ahora.

—Que te aproveche. Escúchame bien un segundo. Ya se ha metido un montón de gente y vienen camiones enteros de las provincias. Cuando uno está adentro, eso es territorio peruano y el gobierno no puede hacer nada. Pero hay que decidirse rápido, que ya sabes cómo son estas cosas.

Él fue a sentarse en uno de los dos sillones de mimbre cerca del balcón, con el *Granma* que ella le había puesto en las manos. Entonces comenzó a leer el comunicado del gobierno y, no se explica ahora por qué, le dio por contar las veces que se repetían las palabras "gobierno" y "embajada" pasando por ellas la yema del índice.

—¿Lo has leído o no? ¿Qué estás haciendo? —preguntó Mireya, desconcertada.

—Intentando contar algunas palabras —respondió él con voz tenue.

—¿Qué? ¿Eso es lo que se te ocurre en estos momentos, Ángel Ribot?

En vez de contestar, se colocó el periódico sobre las piernas, posó los codos en los reposabrazos del sillón, bajó la cabeza hasta ocultar la cara entre las manos y entonces inició una secuencia de pensamientos rápidos. Con esta decisión Mireya y su hija se jugaban el futuro y, de paso, también el de él.

Extrajo del bolsillo de la camisa un tabaco. Se había hecho a la idea de disfrutarlo en un ambiente tranquilo, pero aquella atmósfera iba a ser difícil de despejar. Ni siquiera haciendo un poco de humo. Con los dientes creó una pequeña abertura justo donde se unen la perilla y la capa. Luego presionó ligeramente e hizo girar el cilindro entre índice y pulgar. El puro no era selecto, pero estaba bien acabado, tenía un color uniforme y brillante, y olía a tabaco fresco. Además, se lo acababan de dar y a caballo regalado no se le miran los dientes.

Al notar que Mireya se le acercaba de nuevo, le dijo con calma desde el sillón:

—¿Por qué no te sientas tranquila un momento, mujer? Esto es más serio de lo que parece. Nosotros ya casi tenemos cuarenta años en las costillas y no sabemos hablar inglés. Si por lo que fuera no podemos pasar de Perú a Estados Unidos, nos vamos a comer un cable peor que el que nos estamos jamando aquí. Eso si logramos salir. Si no, la que nos espera no va a ser fácil.

—¿Pero no te das cuenta de que meterse en la embajada ahora que han quitado los guardias no es lo que llaman un "acto de fuerza"? No van a tomar represalias sencillamente porque no pueden. Son cientos los que ya han entrado y miles los que están en camino. Ángel, las cosas o se toman o se dejan. La casualidad ha querido que Eduardito esté en la unidad militar; y Emilia, perdida por allá por Boca Ciega o Guanabo.

"Perdida." ¿Acaso no estamos todos perdidos, o al menos desencontrados, en este infierno? Lo pensó, pero no lo dijo. Solo formuló una pregunta:

—¿Y Emilita no te dejó una dirección ni un teléfono?

—¡Ay, Angelito! ¿No conoces a tu hija?

—¡Coño, justo cuando hace falta estar juntos!

—Ya tú lo has dicho. —Mireya hizo una pausa, se le acercó y le acarició el dorso de la mano—. Atiende, mi amor. Emilia ya tiene su vida hecha y sus planes con Pepe, que fue preso político. En cualquier momento les puede llegar la salida.

—Lo sé —dice él, moviendo la cabeza en un gesto de impotencia—. Es que…

—Sss. Te lo digo así de claro porque después vienen los arrepentimientos. Hasta ahora nunca se te había dado la posibilidad de salir del país. No tienes a nadie que te reclame. Ni a ti ni a Eduardo. Ni siquiera que los invite a pasarse unos meses en el extranjero. A él lo podrías reclamar más adelante desde Estados Unidos o, en el peor de los casos, desde Perú. Decide lo que vas a hacer mientras recojo algunas joyas y un par de documentos.

Pasados unos minutos, al no ver ni oír a Ángel, Mireya regresó a la sala con paso apresurado. Allí seguía él, donde lo había dejado, petrificado en el sillón, con el periódico doblado en una mano y el tabaco encendido en la otra.

—Mira, Ángel —le dijo con acritud—. No iba a irme sola porque no soy el tipo de gente que hace esa mierda. Como faltaba poco para que llegaras, no quise ir a buscarte al trabajo y levantar sospechas. Si veía que tardabas, iba a pasar por tu cuarto. Pero ya estás aquí, que es lo importante, y ahora no hay tiempo que perder. Puedes quedarte fumando tu tabaquito tranquilamente si quieres, pero esta es la oportunidad que tanto hemos añorado y de la que tanto hemos hablado, y yo no la voy a desaprovechar. Te lo juro por esa hija mía, que es lo que más quiero en este mundo.

Esa hija de ella, ahora al lado de Ángel sin haber comido ni dormido bien en casi una semana, está hecha un guiñapo. Se le parte el alma de nada más mirarla. Es solo pelo y ojos, la pobre. La recuerda sentada a la mesa del comedor la tarde del viernes, calcando la ilustración de un mapa y afilando un lápiz. Pero la brusquedad de su madre es difícil de soportar y no tiene ningún sentido que él siga el resto de sus días atado a esta relación con ella. Hubo un momento en que, después de haber remontado tantas cuestas y sentir que la suerte y las fuerzas lo abandonaban, encontró en Mireya justo lo que necesitaba. Fue ella quien lo salvó de su pesada carga de amargura, soledad y autodestrucción. Sí. Pero las cosas fueron cambiando con el tiempo y no precisamente para bien. Ahora mismo, sin ir más lejos, lo quiere condenar a vivir separado de Emilia y Eduardito.

"El que no entiende nada eres tú, chico, que siempre estás en el limbo. Yo no sé por qué cargué contigo si lo único que haces es estorbar", reverberan aún en sus oídos las agrias palabras. Para dejar de sufrirlas, pone en marcha pulmones, cuerdas vocales, lengua y músculos faciales. Solo entonces le llega su propia voz, como si fuera de otro.

—Las cosas no son siempre como tú quieres, Mireya. Yo no sé ni para qué intento explicártelo. Lo que yo te digo te entra por un oído y te sale por el otro. Mira, como dices que lo único que hago es estorbar, te diré que vine más bien para protegerlas a ustedes. Tú no tienes idea del lío en que estás metiéndote y también embarcando a Sofía. Solo tienes que mirar a tu alrededor.

—¿Qué…

—Déjame terminar. Puedes irte a Perú, a Estados Unidos, adonde quieras. Pero conmigo no cuentes.

Siente que, efectivamente, no es él quien continúa enhebrando palabras, sino un demonio interior en una descarga que él no puede contener.

—Yo me voy para mi casa como vine, sin salvoconducto ni pasaporte ni un cojón. Y mejor me callo, que tengo el corazón disparado.

Las últimas palabras, que ha agregado con voz entrecortada, van apagándose a medida que le da la espalda a la mujer.

—Ni te atrevas —grita ella después de murmurar algún insulto que Ángel no ha alcanzado a oír—. No nos hemos pasado toda una semana aquí para ahora rajarnos. Si queremos una vida mejor, tenemos que aguantar hasta el final.

Pero él ya no la escucha. Ha empezado a hacerse camino entre la gente. No quiere oír la radio de este grupo ni los chismes de aquel otro. Empuja, aparta y va logrando avanzar en dirección a la salida que ya conoce. Entre tanto, le da por rumiar que sus ideas vienen chocando con las de sus compañeros de asilo desde hace rato. Claro que tienen que chocar, pues las muestras absurdas de fuerza que ha presenciado en estos días no le parecen heroicas ni valientes ni patrióticas. La Revolución hace bien en recordarle constantemente al pueblo las verdaderas muestras de valentía de los cubanos.

—¡Que se vayan todos al carajo! —exclama a media voz después de tropezar con el tipo de la nariz aplastada que se había entretenido en mirarlo con insistencia.

Si hay que morir aquí con un navajazo en el vientre, pues mala suerte, se dice a un par de metros de la cerca. El corazón le late apresurado y el remordimiento repta como una culebra mojada en sus entrañas. La sangre se le agolpa en las sienes y unas gotas de sudor resbalan hacia sus ojos, que le escuecen. De pronto, con unos bríos que jamás habría sospechado que pudiera juntar, salta la cerca hacia afuera.

—¡Allá va otro infiltrado!

Echa a correr sin mirar atrás.

—¡Traidor!

—¡Hijo de puta!

Las piedras pasan rodando por su lado. Una de las más grandes va a parar junto a los restos de un carné de la Unión de Jóvenes Comunistas rasgado en tiras, cerca de una cloaca.

Pin pon fuera

Isabel golpea la hoja de un cuchillo posada de plano sobre dos dientes de ajo a los que ha cortado los extremos. Les quita la piel, los pica en trocitos muy pequeños y los añade a unos dados de cebolla que se fríen en la manteca de cerdo. Antes de ponerse con un pimiento verde, mira un instante hacia la sala a medio repellar, donde su cuñado se saca del bolsillo de la camisa un telegrama y lo despliega sobre la mesa frente a Felo.

—Tengo que presentarme antes de las setenta y dos horas en la empresa del gas porque dicen que me van a cortar el servicio —escucha decir a Ángel.

Comprueba que el arroz ya está y que los garbanzos se han ablandado, echa el sofrito en la olla y deja que el potaje hierva a fuego lento sin volver a taparlo. Entonces coge un trapo y limpia el esmalte de porcelana blanco de la cocina Boss, casi intacto después de treinta años. Los dos quemadores de queroseno arden con una llama sucia pero eficaz gracias a su cuñado, que los ajusta a menudo.

—Todo es trabajo, trabajo, trabajo. Y estos nunca pierden. Nunca se equivocan a tu favor. Machacan a la madre que los parió. ¿Qué cojones se creen? —alza la voz Ángel a la vez que estira los brazos para acercarle el pedazo de papel a su hermano.

—Bah, ya empezó a hablar mierda —protesta Felo mirando al techo.

—Ninguna mierda. Escúchame ¿Yo gano cuánto al mes? Mecánico A: doscientos cuarenta pesos. ¿Bien? Quédate con esa cifra y ahora empieza a sumar estas desde cero. Una caja y media de cigarros al día son setenta y dos pesos. Y treinta que le doy a Eduardito son ciento dos.

Las palabras de Ángel van perdiendo velocidad, no porque se esté calmando, sino porque está borracho, supone Isabel, que puede oler la peste a alcohol desde la cocina.

—En los mandados de la bodega se me van quince fácilmente —continúa él—. Ciento diecisiete más unos treinta por fuera en aceite, arroz, café y azúcar ya son ciento cuarenta y siete. ¿Me sigues? Ponle ahora cincuenta quilos de almuerzo diario, más el café, la merienda y el transporte para ir al trabajo. Vamos a poner cincuenta pesos al mes. Ya son unos doscientos. Súmales ahora diez de luz. Y dieciséis que estoy pagando del refrigerador. Doscientos veintiséis. ¿Y con el gas de la calle ya son cuántos? Todavía no he ido a un restaurante, ni me he comprado una camisa, ni me he dado un palo de ron.

Isabel admira en secreto los rasgos faciales de Ángel, más regulares y finos que los de su marido. La borrachera de hoy le recuerda la de un par de días atrás, cuando vino alardeando del dinero que hacía en la calle por encima de su salario. Que ni se le ocurra pedirle dinero prestado a Felo porque a este no le va a gustar. ¿Qué culpa tiene Felo de que su hermanito esté arrancado a la semana de haber cobrado. También observa los cansados gestos de asentimiento de su marido, hasta que la irritación que este ha ido acumulando encuentra salida en una ráfaga verbal.

—¿Qué restaurante ni qué cojones?

—Déjame terminar.

—Lo que tienes que hacer es no hablar tanta mierda y soltar la botella. Al alcohol no le importa en qué trabajas, si eres mecánico A, B o C, jefe de brigada, ingeniero o lavaplatos, ni si eres buena persona, blanco, negro o chino. Cuando te coge por los cojones, no te suelta hasta que te mata. ¿Me oyes?

Con potaje, arroz y un huevo frito ya deben de tener, calcula Isabel mientras sirve tres raciones de arroz, echa un par de cucharadas de manteca de cerdo en la sartén al fuego y, con un movimiento circular, hace que todo el fondo se engrase. Entonces sirve los garbanzos humeantes en tres platos hondos. Ahora vendrían bien unas galletas de sal, piensa, pero se le han acabado. Sin perder un segundo, rompe sobre la sartén uno, dos, tres huevos. En cuanto empiezan a freírse, corta las claras con el borde de la espumadera de aluminio y en un santiamén planta un huevo frito espolvoreado con sal sobre cada plato de arroz blanco.

—Yo quisiera saber quién te dijo…

—¿Tú puedes dejar de beber? ¿Puedes parar? Admítelo. Si has estado dándole al trago tanto tiempo y te has vuelto un adicto, no puedes echarle la culpa a nada ni a nadie, excepto a ti mismo. Tu cuerpo no puede funcionar sin el alcohol. Tienes que empezar por aceptarlo si te quieres curar. Claro, como todos tus amigotes también son unos borrachines…

—¿Pero me vas a dejar hablar un momento?

16

—Y no vengas a esta casa a criticar la Revolución, que te ha dado…

—Coño, aquí ni se puede…

—Limpien la mesa, que voy a servir —interrumpe Isabel, asomando la cabeza a la sala.

—Hoy aquí no se sirve porque a mí no me sale de los cojones —remata Felo, con el rostro desencajado por la ira—. A ver dónde te permiten descargar tus borracheras. ¿Cuántas veces habrá que decirte que en esta casa no te queremos curda?

Ángel se levanta y va hasta la llama de la cocina para encender un cigarro tras intentarlo con el último fósforo de la caja que ha traído consigo y que ahora descansa vacía sobre la mesa.

—¿Qué curda ni qué curda? No me jodas —protesta mientras regresa a la sala fumando.

Isabel hace una mueca de dolor al ver que Felo golpea la mesa y se pone de pie.

—Hoy no hay comida aquí, so cabrón. Se acabó el hotel. A comer a casa del coño de tu madre, que por desgracia también es la mía. Y ni un quilo más te vas a llevar prestado. Ni cojones. Como si te mueres, lo juro por la vieja, que en paz descanse.

—Se acabó —balbucea Ángel con los ojos casi cerrados.

—¿Pero no te das cuenta de que te estás acabando, so comemierda? —le pregunta su hermano, que sin esperar respuesta le da la espalda con un gesto de fastidio y se aleja refunfuñando—. ¿Para qué coño hablo yo con este si no entiende un carajo?

—Se acabó. Bien. Se acabó —repite Ángel mientras sale al portal.

*****

Minutos después, Ángel va dando tumbos Infanta abajo con la bolsa de lona en la que su cuñada pudo meter a toda prisa una libra de cebollas y dos papas.

—Llévate esto —insistió—. Y no te pierdas ahora.

Sabe que tendrán que pasar varios días hasta que vuelva a armarse de valor y los visite de nuevo. Por el momento, va en dirección opuesta a su cuarto en la Calzada de Monte, pero necesita la llave de expansión y el picoloro que le prestó a Bienve y que este no le devolverá a menos que le caiga por sorpresa en su casa. Se den unos tragos o no, sus herramientas vuelven con él. Se acabó la generosidad. A ver quién le presta a Ángel Ribot un maldito clavo oxidado cuando lo necesita, va diciéndose mientras atraviesa el parque La Normal.

En ese momento oye un vocerío del otro lado de la calle Manglar, en la esquina con Árbol Seco. Vuelven el miedo y el desconcierto que lo invadieron después de saltar la cerca para salir de la casona de Quinta y 72. Aún no las tiene todas consigo. Solo le basta recordar el cuento que le hicieron sobre un amigo del instituto preuniversitario de su hijo. Al pobre muchacho le arrancaron a trompadas una oreja por ponerse la camisa y los tenis extranjeros que le había regalado un primo antes de meterse en la embajada. Por suerte, Eduardo está en el Servicio Militar, ajeno a tanta locura. ¡Algo bueno tenía que tener el Servicio! En cuanto a Emilia, ya tiene que estar curada de espanto.

Poco a poco, sin proponérselo, se ha ido acercando al molote y ahora ve confusamente a dos hombres que, con el lomo doblado, golpean a alguien en el suelo mientras una mujer busca la oportunidad de pegarle con una tabla.

—¡Aquí está el marido! —siente que grita una voz femenina detrás de él.

Al instante le tiran del pelo y le dan una bofetada. Él hace un amago de golpear con la bolsa de cebollas y papas a la que cree responsable del tirón. Acto seguido, suelta la bolsa para inmovilizar el brazo del estudiante uniformado que le ha aplicado una llave alrededor del cuello. Al ver por el rabillo del ojo derecho que se le viene encima un hombre, le lanza una patada para mantenerlo a distancia.

En esto llega el jefe de sector de la policía, quien ordena a la turba vociferante que se aparte de su presa.

—¡Déjenlo, coño, que él no tiene nada que ver con mis asuntos!

Ángel ha escuchado ahora la voz de Mireya, y visto su cara enrojecida y sus ojos llorosos.

—¡Tú cállate, degenerada, que ustedes son todos iguales y se apañan unos a otros! ¡Gusanos hijos de puta! —replica una mujer, resuelta a tener la última palabra.

El barullo comienza a aplacarse a regañadientes y, a riesgo de que lo atropellen, el jefe del sector detiene un taxi que parecía renuente no ya a parar, sino a aminorar la marcha.

La retahíla de insultos cae ahora sobre Ángel, quien logra zafarse del tumulto y salta al asfalto. Un camión frena y derrapa. Ángel siente un golpe seco en la oreja izquierda, seguido por un molesto silbido. Sigue en pie, cruzando la otra mitad de Manglar, de lo que infiere que tan solo se ha tratado de un puñetazo bien colocado. Entonces abre una puerta trasera del Lada donde el policía ha montado a Mireya a toda prisa y se lanza de cabeza sobre el asiento.

El taxista pone en marcha el vehículo sin siquiera esperar a que se cierre la puerta.

*****

En casa, dolorida por la golpiza, Mireya se atiende las heridas. No le reprocha nada a Ángel. De hecho, acaba de admirarle su instinto de supervivencia y le cuenta cómo, desnutridas pero con la promesa de que les otorgarían sus visas, Sofía y ella abandonaron la embajada con sendos salvoconductos después de diez agónicos días. Precisamente por temor a ser objeto de un "acto de repudio" o "mitin relámpago", no había dejado salir de casa a la niña. Ella misma había salido muy pocas veces, casi siempre para ver a su amiga Ñica en Árbol Seco y forrajear algo de comida. Toda precaución era poca.

Pero quería llevarse al extranjero la mayor cantidad de documentos útiles posibles, como la relación de notas del primer año de Secundaria Básica de Sofía. Por eso decidió arriesgarse de buena mañana e ir personalmente a la Antonio Maceo durante el segundo turno de clases, para dar tiempo a que hubiera alguien en la Dirección y en Secretaría, y a la vez evitar encuentros incómodos por los pasillos. Presentó la renuncia a la subdirectora, que no se la aceptó porque Mireya ya había sido separada de su puesto de auxiliar de limpieza por constituir un mal ejemplo para los estudiantes. La subdirectora lo sentía en el alma por Sofía y entendía que su madre no quisiera mandarla a la escuela en aquellas circunstancias. La remitió a Secretaría para la baja, pero allí no había nadie que pudiera atenderla, por lo que, a las dos horas de haber llegado a la escuela, salió con las manos vacías por donde entró. Entonces hizo de tripas corazón y fue a visitar a Ñica. Llegó a la casa de su amiga sin notar nada extraño por el camino, pero al regreso la estaban esperando profesores y estudiantes, una avanzadilla en la esquina y otros emboscados en el parque. El resto Ángel lo ha visto y sufrido en carne propia.

—¿Qué es ese ruido? —pregunta él desde su sillón favorito en la sala.

—No lo sé. Parece que es allá abajo —responde ella acercándose a la puerta del balcón.

—¡Pin, pon, fuera! ¡Abajo la gusanera! ¡Pin, pon, fuera! ¡Abajo la gusanera!

La cantilena se repite sin cesar, como un mantra.

—¡Abajo la escoria!

—¡Que se va-yan! ¡Que se va-yan! ¡Que se va-yan!

—¡Deja a la niña aquí, mala madre, que la infeliz no sabe lo que le espera!

El mitin relámpago retumba en el pasaje.

—Ay, Dios mío, protégenos —implora Mireya después de observar a la turba hostil por los espacios entre las persianas de una de las contrapuertas.

En ese momento, un huevo se estrella contra el balaustre y una piedra rompe un cristal.

—Apártate del balcón y lleva a la niña para allá atrás —se le oye decir a Ángel.

—¡Carter, lechuza, llévate a tu gentuza! ¡Carter, lechuza, llévate a tu gentuza!

—¡Que se va-yan! ¡Que se va-yan! ¡Que se va-yan!

Ángel baja las escaleras con una silla en las manos. Echa la tranca detrás de la puerta y coloca la silla inclinada entre la cerradura y el primer escalón. En el proceso maldice en voz baja a quienes repiten y varían las consignas como si con ello fueran a solucionar los problemas de toda una vida y de todo un país. Mientras tanto, Mireya se ha dado a la tarea de correr los sillones y otros muebles contra las puertas del balcón. Al oírla, Ángel cae en la cuenta de que debe cerrar bien las que dan al patio interior desde la saleta, los tres dormitorios y la cocina-comedor. La escalera es de su uso exclusivo, pero por el patio podrían acceder fácilmente a la casa desde la del vecino o la azotea.

—¡Fidel, seguro, a los yanquis dales duro! ¡Fidel, seguro, a los yanquis dales duro!

*****

Después de media hora de asedio, los insultos ceden paso a los vivas a la Revolución, la lluvia de objetos va amainando hasta cesar por completo y la turba se disuelve.

Ángel quiere volver a su cuartico, pero Mireya insiste en que se quede a comer algo, y sirve tres panes con tortilla y batido de plátano. Sentada a la mesa entre ellos, Sofía los contempla alternativamente, como en un partido de tenis.

Los dos mastican y se miran como el par de viejos amigos que son. El acto de repudio los ha dejado apabullados.

—Vaya marabunta. Tú no hagas caso, mi corazón —rompe el hielo Mireya—. Ya verás lo rápido que se te olvida todo esto cuando tu novio yanqui te lleve a pasear en su carro del año por las playas de Miami. Y tú con unas gafas de sol a la última moda...

—¿Novio? Yo no quiero novio.

—Ahora no, pero cuando salgas con un americano bien alto y rubio te vas a acordar de esta conversación.

—Me encanta este batido —dice Ángel, aparentando buen humor—. Cuando yo tenía tu edad, me daba unos buenos empachos...

Mientras se escucha hablar, Ángel percibe que es un ajeno en aquella casa. Incluso si fuera a creerse las sandeces de Mireya sobre el porvenir de la niña, él no aparece por ningún lado. Se limita a parlotear y observar a Sofía, que le sonríe un instante y continúa masticando lentamente su pan con tortilla. Las ojeras le han desaparecido casi por completo, pero un asomo de tristeza impregna su mirada.

Ahora sí

Ha llegado el día. Para hoy, 19 de abril de 1980, en conmemoración del XIX aniversario de la histórica victoria de Playa Girón, han convocado una gigantesca manifestación la Central de Trabajadores de Cuba, la Federación Estudiantil de la Enseñanza Media, los Comités de Defensa de la Revolución y el resto de las aguerridas organizaciones de masas. Se calcula que más de un millón de cubanos desfilarán por la Quinta Avenida frente a la embajada peruana en apoyo a la Revolución y en contra de la escoria interna y el imperialismo. Es la "Marcha del pueblo combatiente".

De regreso a su cuarto tras comprar el *Granma* de los dos últimos días, dos panes con croqueta y una botella de aguardiente, pues el dinero no le alcanzaba para ron, Ángel se encuentra en la parada con la presidenta del Comité de Defensa de la Revolución en la cuadra.

—¡Angelito! Ven acá un momento. Mira que hace días que quiero hablar contigo, muchacho —le dice la mujer, con un cigarro encendido en una esquina de la boca.

¿Por qué no ha ido a desfilar ella si hasta el gato está movilizado? No parece enferma. En cualquier caso, Ángel es consciente de que tiene las de perder en este casual encuentro, pues todos saben quién es de catadura moral dudosa entre él y la jefa del CDR. Y quién informa.

La mujer, en una bata de casa que deja ver el nacimiento de unos senos abultados y pecosos, lo aleja de la parada y lo lleva a un rincón aduciendo que hay mucho chismoso por todos lados. Entonces le suelta, en voz baja pero sin tapujos, que está bien enterada de lo de Mireya.

—La conocemos desde hace años y sabemos que es buena persona. Lo que pasa es que estamos viviendo momentos difíciles, de definición, y el pueblo está que arde. Pero tú dile que no salga de la casa y ya verá que no va tener ningún problema.

¿Y qué pasará conmigo?, quiere preguntar Ángel, pero se muerde la lengua. Por el tono confidencial en la voz de la mujer, él quisiera entender que no será objeto de la ira popular, que podrá seguir haciendo su vida como hasta ahora. Al menos no lo están apedreando. A pesar de toda la hipocresía que pueda haber en aquellas palabras, el simple hecho de que las ha pronunciado la presidenta del CDR lo tranquiliza. Pero está claro que Mireya es una "vendepatria" y, dada su relación con ella, también él forma parte de la gusanera, de los antisociales y de la escoria del país. Solo espera que con la cara de bueno que está poniendo consiga hacerle creer que él, Ángel Ribot, sigue más derechito que una vela. Ahora quiere irse a casa y no escuchar ni ver a nadie durante el resto del día.

*****

Nada más llegar a su cubil, abre la botella de aguardiente y vierte el contenido de casi todo el pico en un rincón. Para los santos. Por si acaso. No cree ni en la madre que lo parió, pero en más de una ocasión ha pasado por alto este gesto y el preciado líquido ha acabado derramándose debido a una inexplicable pirueta de la botella.

—¡Desencárnense, cojones! ¡Déjenme vivir! —exclama tras un primer trago bien largo, directamente de la botella.

Entonces se pone a cerrar puertas y ventanas, abajo y también en la barbacoa.

De nuevo en los bajos, se sirve y bebe de un vaso, se sienta a la mesa frente a los periódicos e intenta seguir el enmarañado hilo de los acontecimientos. Los americanos van a realizar en el Caribe las maniobras militares *Solid Shield-80*, con las que desembarcarán 2000 marines en la base naval de Guantánamo. Un batallón de 1200 soldados del ejército también será transportado a dicha base. El presidente Carter dice que su corazón está con los asilados. En la edición del *Granma* del día anterior se señalan los puntos de movilización de cada municipio, los horarios establecidos para la salida y el área de concentración asignada en los alrededores de la Quinta Avenida. Con motivo de la marcha se establecen regulaciones especiales del tránsito.

Enciende el televisor y se encuentra con miles de personas que desfilan y corean "¡Comandante en Jefe, ordene!". El segundo de los dos canales muestra una multitud similar enarbolando pancartas en las que se puede leer "Que se vayan los vagos", "Que se vayan los antisociales", "Cuba para los que producen".

Vuelve a servirse de la botella, que ha bajado un cuarto.

Según uno de los periódicos, El Salvador y Colombia no aceptarán a asilados cubanos por afrontar serios problemas de desempleo. La República Dominicana no aceptará a ningún antisocial. Perú habla de recibir a 1000. España, a 500. Estados Unidos, quizás a 2000. No se oficializa nada. El canciller de Canadá niega que su país haya decidido ofrecer asilo a alguno de los sujetos que han penetrado en la embajada; no solo no ha decidido qué acción tomará, sino que ni siquiera ha considerado la cuestión de manera oficial. Por su parte, los trabajadores y militantes del Poder Popular de Caimanera no están de acuerdo con lo formulado en la información del *Granma* del 20 de abril sobre las consignas del pueblo, entre las que se incluía "¡Pin, pon, fuera, abajo Caimanera!", porque Caimanera es uno de los municipios más valientes que tiene la provincia de Guantánamo, además de ser la primera trinchera antiimperialista.

Han salido de la sede diplomática peruana hacia sus domicilios 390 elementos antisociales. Se le va a otorgar pasaporte y salvoconducto definitivo no solo a quienes se han alojado en la embajada, sino… ¡a todo "lumpen" que lo solicite! Por fin se irá Alfredo con la repulsiva manía de echar su ojo de vidrio en el vaso del que bebe ron. A ver si se la ríen en el Norte. ¡Adiós y buen viaje! Pero también se irán Mireya y Sofía con esta nueva medida, y vaya usted a saber quién más. Por un instante, Ángel busca elementos que demuestren que tanto él como sus hijos pertenecen a la gusanera, a la escoria, y faciliten la salida de los tres juntos. Pero mejor dejar las cosas como están, sin complicarlas más. Lo que debe hacer es hilar bien fino para que no se ensañen ni con él ni con los suyos, se recuerda. En definitiva, los que hoy toman las represalias serán quienes mañana se presenten para irse. Y la farsa continuará como hasta ahora, desde hace veinte años. Un asco de simulación, pero es lo que hay.

Se da otro trago y regresa al *Granma*.

Mientras hace un cotejo de los dos ejemplares del diario, observa sendos recuadros en los que, bajo el encabezamiento "Noticias de Mariel", aparecen el número de personas que partió el día anterior y el de embarcaciones que se encuentran en el puerto habanero procedentes de Estados Unidos al cierre de la edición.

Durante el resto de la semana, *Granma* tras *Granma*, irá notando que el recuadro puede ser rojo o negro, puede aparecer en la esquina inferior derecha o izquierda de la primera o la segunda página, puede ser cuadrado o rectangular, resaltar la seguridad como componente clave de la ruta Mariel-Florida o incluir información sobre el tiempo en el estrecho, pero el número de "antisociales" que abandonan el país y el de embarcaciones en el puerto de Mariel nunca faltan.

Con tal regularidad publica estas cifras el órgano oficial del Partido Comunista de Cuba que Ángel decide apostar a sus dígitos terminales como lo hizo en el 70 con los de las toneladas de azúcar producidas en la Zafra de los Diez Millones. En aquel entonces buscaba en primera plana "La Marcha de la Zafra", línea "La Habana", columna "Hoy". Ahora tiene para elegir: puede apostar a la cantidad de emigrados, a la de embarcaciones o a ambas. Ahora sí.

La huella de Francis Drake

Bob Nash había pensado que se relajaría en la atmósfera informal de su bar favorito a orillas de Safe Harbor, Stock Island, lejos de la marabunta en Cayo Hueso. Tenía la mirada perdida en los camaroneros que entraban y salían de la marina, y los dientes clavados en un pan con pez perro capturado por un submarinista local, pero en la cabeza seguían sonándole con una recurrencia febril la voz del locutor de radio y las palabras casi exactas del anuncio: un grupo de cubanoamericanos pensaba reunir sus embarcaciones y navegar hasta los límites de las aguas territoriales en protesta por la política de emigración de Castro.

No pasaron tres días y este inglés radicado en Cayo Hueso vio trasladar por tierra ocho de tales embarcaciones. El resto se acercaba por agua, según oyó en la radio, donde también escuchó a unos refugiados decir que el gobierno de la isla había abierto sus costas para que se fuera quien quisiera. Luego pudo observar cómo atracaban en los muelles más meridionales de Estados Unidos un barco pesquero y dos embarcaciones privadas que en total debían de traer a unos trescientos cubanos.

Esa misma semana, durante una breve travesía por las aguas costeras en su motovelero *Lady Marion*, no solo vio llegar otras once embarcaciones con más de setecientos refugiados, sino que recibió en el equipo de radiocomunicaciones marítimas las instrucciones que los guardacostas transmitían a los cientos de residentes cubanos decididos a traer isleños. Había que pasar por Aduana, respetar los límites reflejados en la documentación de las embarcaciones, proporcionar un dispositivo de flotación para cada persona que se transportara, y notificar inmediatamente al Servicio de Inmigración y Naturalización del regreso a Estados Unidos con extranjeros.

Esta mañana, de nuevo a bordo del *Lady Marion*, Bob se enteró de que la patrulla aérea de los guardacostas había avistado unas cincuenta embarcaciones al sur de Cayo Hueso y un número similar entre Miami y Fowey Rocks, todas con dirección sur. Por las ondas radiofónicas se indicaba que su destino era Cuba. Tres habían sufrido averías y las remolcaban hasta tierra firme. Otras se habían quedado sin combustible o fondeadas a lo largo de la barrera coralina. Vio con sus propios ojos dos buques guardacostas y un helicóptero HH-52 patrullar el área y prestar ayuda a los barquitos.

Mientras se bebe ahora un café frente a la prensa local en un bar de esquina, observa anonadado cómo decenas de embarcaciones de recreo, a la espera de su botadura, forman colas sobre remolques en las calles que desembocan en el puerto. Calcula que otros cientos vengan rodando por el interior del cayo. La actividad es constante y los desconcertados clientes del bar no pueden explicarse de dónde salen tantos navegantes ni por qué nadie habla inglés.

Bob lleva la vista al periódico para leer una vez más que la flotilla ha llegado a las mil naves. Tiene la premonición de que los acontecimientos que se están produciendo le cambiarán la vida. Desde que se lanzó a navegar, hace ya tantos años en su Devon natal, siempre ha tenido la esperanza de ganar una modesta fortuna en virtud de su pericia como marino. No se engaña pensando que el Estrecho de La Florida de 1980 vaya a proporcionarle riquezas inimaginables. No se hará millonario con los cubanitos que huyen de Castro. Pero su modesta tajada se llevará. Y en cierta medida seguirá los pasos de su paisano Sir Francis Drake, corsario después de traficante de esclavos.

*****

Al regreso de Cuba con una decena de isleños justo antes de que se forme un minihuracán hacia el mediodía del domingo 27 de abril, Bob observa cómo los guardacostas, además de escoltar y remolcar embarcaciones, llevan a bordo a los rescatados. El grupo en tierra y los buques asignados a la zona dicen haber recibido en solo cinco minutos un aluvión de llamadas de socorro. Tantas que no pueden llevar un recuento exacto.

*****

El mal tiempo reduce el número de salidas solo temporalmente, pues a principios de mayo una avalancha de cubanoamericanos supera con creces la cantidad de artistas y visitantes en las calles de Cayo Hueso. Traen los bolsillos repletos de dinero para alquilar o comprar embarcaciones. No serán los miamenses más acaudalados, pero de algún modo consiguen su propósito: haciendo caso omiso de las advertencias de las autoridades sobre posibles multas, confiscaciones y arrestos, zarpan en grupos de veinte naves. Los dueños de camaroneros y barquitos de recreo se aprovechan y les cobran hasta mil dólares por cada cubano que deseen traer a Estados Unidos.

Bob vuelve eufórico de una segunda expedición a la isla con un tiempo mucho peor que el anunciado en los partes meteorológicos: una línea de tormentas eléctricas y ráfagas de viento se extiende por las noventa millas que separan la capital cubana de los cayos de Florida.

El frenesí se ha extendido y llega a puntos de Estados Unidos bien distantes del Caribe. Según las noticias, los guardacostas se ven obligados a detener y remolcar hasta Shark River Station, en Nueva Jersey, un *liberty launch* inservible que no está registrado, documentado ni inspeccionado, y su maquinista no ha podido mostrar una licencia. Por otra parte, un antiguo dragaminas, fletado por una iglesia de Nueva Orleans, comprado al contado en Boston, trasladado a Nueva Orleans y rebautizado allí, ha llegado a Cayo Hueso con más de cuatrocientos refugiados.

El flujo de embarcaciones no se detiene. Tan solo de Cayo Hueso zarpan unas cuatrocientas cada día y el gobierno cubano acaba de informar de mil setecientas atracadas en el puerto de Mariel.

*****

Mediodía. Rumbo a Cuba en su tercer viaje, Bob se entera de que, debido a las malas condiciones meteorológicas y a las demoras en el procesamiento de los reclamados, algunos miamenses se han visto obligados a regresar sin sus familiares. A él los pasajeros le han pagado quinientos dólares por la travesía y otros mil por cada persona que quieren traer de Cuba, todo por adelantado y sin reembolso. No ve motivos para regresar precipitadamente si las cosas se complican en La Habana. De hecho, es en Estados Unidos donde ya se complicaron al regreso del segundo viaje, cuando por pura casualidad coincidieron las autoridades portuarias, los guardacostas y él en un mismo lugar y momento. Amenazaron con grabarle *"Second Timer"* en el parabrisas, pero en eso quedó todo. Lo peor que puede pasarle es que le incauten su motovelero de cuarenta pies de eslora y doce de manga, pero esto es muy poco probable, ocupados como están los gringos con tantos cubanos en el estrecho, sin documentos ni puñetera idea de navegación. Él tiene claro que ninguno de sus exiliados, venidos incluso de California, contempla la posibilidad de volver sin su gente. Cualquier dificultad, más que un elemento disuasorio, debería servirle de aliciente para continuar con la empresa.

*****

Por la tarde, con ocho pasajeros de origen cubano y el joven patrón puertorriqueño Dave Marrero, Bob se adentra laboriosamente en la bahía al oeste de La Habana. El tráfico es lento y caótico. Los cientos de embarcaciones que luchan contra un oleaje y un viento con visos de tormenta impiden ver el agua.

De tierra se han acercado unas barcas que venden mercancía variada. En el *Lady Marion* se quejan de los precios exorbitantes, sospechan que los vendedores son agentes de la Seguridad del Estado y se enteran de que el gobierno cubano ofrece crédito a las embarcaciones, pero no les permite partir mientras no reciba el pago.

—Es peligroso usar crédito —advierte Bob—. Tenemos galletas, *sausages* y sardinas. Pero mejor reservarlas para los cubanos que salen. Para los niños. No usar crédito, por favor.

—No están dejando atracar en muelle fijo —avisan al *Lady Marion* desde un camaronero.

—De lo que te digan, nada; y de lo que veas, la mitad —dice Dave al pasaje.

*****

Cae la noche y el tiempo no llega a torcerse tanto como temía Bob, quien intenta echar una cabezadita en el camarote mientras sus clientes escuchan en cubierta la noticia de que en Irán han ejecutado a unos rehenes americanos como represalia por la operación de rescate "Garra de águila", que Carter lanzó el 24 de abril.

De súbito, la voz del locutor de Radio Reloj queda ahogada por el ruido de unos disparos.

—¿Qué es eso, tú? —pregunta un pasajero.

—Estarán disparándoles a los que nadan hacia las lanchas —responden desde el barquito de al lado.

—¡Qué va! Suena mucho más ronco. Para mí que son las cañoneras de los guardacostas intentando imponer orden a fuego limpio.

—Tú verás que aquí va a estallar una guerra y nosotros vamos a quedar en el medio.

Las preocupaciones se van entretejiendo con el vaivén de las olas y la oscuridad. De vez en cuando, el paso frenético de los reflectores los obliga a agachar la cabeza por miedo a una ráfaga disuasoria. Así pasan las horas, hasta que a las cuatro de la mañana el *Lady Marion* recibe el permiso de atraque.

La primera información concreta que traen los agentes de Inmigración es que los pasajeros pueden reclamar a sus familiares a condición de que un cincuenta por ciento de la capacidad del yate se dedique a los asilados en la embajada de Perú. Altavoz en mano, uno de los agentes viene a pedir las listas de los reclamados. Entonces se dispara el nerviosismo: no han puesto pie en tierra firme, no han hecho una llamada telefónica; ni siquiera tienen con qué escribir. Pero aparece un mocho de lápiz aquí, un trozo de papel allá y, para cuando el señor Nash asoma con un par de bolígrafos y un bloc de notas, una mujer ya le ha entregado al militar los nombres de sus familiares garabateados en un filtro de la máquina de café. Otra tiembla, bolígrafo en mano, mientras le pregunta a su pareja qué les esperará a los suyos si no puede llevárselos y quedan en evidencia ante autoridades, vecinos, compañeros de trabajo y de estudio.

—No creo que puedan reclamar a tanta gente, pero esto ya se decidirá a una instancia superior —se limita a observar el oficial.

Poco después, la noticia de que pueden ir al hotel Tritón a descansar, comer algo y llamar a la familia llega como una suave brisa a refrescar el ambiente de impaciencia y desinformación.

*****

Hacia las seis de la tarde rompe a llover y varios pasajeros del *Lady Marion* se sorprenden bañándose en el aguacero, saltando y riendo, ajenos al discurso de Fidel que difunden los altavoces. Unas horas más tarde, dos responsables de inmigración vienen a devolver algunas listas con instrucciones de que se reduzcan a tres familiares por visitante.

—¡Lo que faltaba! ¡Después de haber empeñado propiedades y pagado por adelantado para cruzar el estrecho! —se puede ver exclamar a los exiliados aunque no muevan los labios.

Algunos ya se han quedado petrificados con las noticias recibidas por teléfono de sus propias familias: la hija del señor de Kendall está dispuesta a salir con su hijita pequeña, pero el marido no autoriza la salida de la niña; y el sobrino de la pareja de Hialeah no puede irse porque es militar y está movilizado. Dave empieza a sentir una tensión incómoda en el cuello y los hombros. Sus ojos buscan consuelo en los de Bob, pero este evita el contacto visual con su patrón.

A pesar de que ya es casi medianoche, unas voces distantes repiquetean:

Químbara quimbara cumbaquín bambá
Químbara quimbara cumbaquín bambá
Eeeh, mamá
Eeeh, mamá

El porqué del canturreo no tarda en llegar al *Lady Marion*. Preocupada por la tensa situación internacional, una pareja en un barquito vecino decidió adelantar la fecha de su boda. En un camaronero había un notario dispuesto a autentificar los esponsales. A ella la vistieron con el chal de una señora y la pamela de otra. Para las fotos, los novios brindaron con 7 Up y soplaron una vela encajada en un melón. Ahora disfrutan de una breve luna de miel en el camarote mientras suena la percusión característica de una comparsa de carnaval con el acompañamiento de un pito y un coro que dice:

Siento un bombo. Mamita, me está llamando
Sí, sí, me está llamando

La despedida

Emilia observa a Pepe, que da vueltas como un perro rabioso en los bajos del cuarto. Parece indignado con la noticia de que Fidel ha burlado el bloqueo norteamericano al abastecer de comestibles las naves que recalan en Mariel.

—Acaba de crear una zona franca, el muy hijo de puta —suelta él, finalmente—. Ya no se contenta con hacer una purga de disidentes. Quiere provocar otra crisis con los americanos.

—De este país lo que hay que hacer es irse de una vez y para siempre —sentencia ella mientras apaga el televisor, que mostraba a una multitud con carteles de "Hoy como ayer, unidos a Fidel" y *"Gringos, Go Home".*

—¿Quién te dijo que en Cuatro Ruedas se puede uno presentar como escoria? —le pregunta Pepe, casi en un susurro—. Pero habla bajito que aquí las paredes tienen oídos; y el pasillo, ojos. No sé por qué esa maldita puerta tiene que estar abierta todo el santo día.

Emilia saca un cigarro de la cajetilla de Populares encima del televisor, lo enciende y se asoma un instante al pasillo del solar.

—Deja la paranoia y atiende acá un segundo, ¿quieres? El último que lo ha confirmado es Adrián, pero lo sabe media Habana. No sé cómo no te has enterado tú, que estás tan metido en cuestiones de política. Hazme el favor de vigilar el arroz, que voy a la farmacia un momento y luego al cuarto de papi. Cuando regrese, almorzamos y hablamos del tema con más calma. Aunque, si fuera por mí, ahora mismo me iría a Cuatro Ruedas o adonde tenga que presentarme para largarme de aquí.

—¿Quieres traer unas dexedrinas? Como pinta la cosa, vamos a necesitar más.

—Mi amor, la avaricia rompe el saco. Tú bien sabes que las pastillas están racionadas.

—No tienes que decírmelo. Aquí todo está racionado menos la desilusión y la policía.

—Bueno. Hazme la dichosa receta, pero rapidito.

Doblado sobre la mesa de aluminio debajo de la escalera que conduce a la barbacoa, Pepe falsifica y rubrica el volante superior de un taco de recetas. Entre tanto, Emilia piensa en los años de planes y sueños que han deshojado a la espera de un momento así. Solo a última hora le mencionará el plan a su padre, pues ya no se fía un pelo ni de la memoria de su mismísima madre. Resulta que Ángel se lo suelta todo a Mireya, quien ya se ha entrometido en sus asuntos en más de una ocasión. En cuanto a Eduardo, ¿qué puede hacer si el pobre está en el Servicio Militar? La única forma de ayudarlo es desde el Norte: o bien reclamándolo o bien sacándolo por un tercer país.

Pepe se le acerca con la receta y le pide una calada. Tras exhalar el humo por la nariz, le echa un brazo por encima del hombro, la atrae hacia él y la besa en la frente. Ella se escurre afectuosamente y le dice bajo el dintel:

—Busca los papeles del presidio y el resto de tus documentos, que ahora mismo regreso. Y no te olvides de vigilar el arroz. Apágalo a las y veinte, sin destaparlo.

*****

Emilia toca el timbre en una de las puertas de la acera derecha del pasaje B, en la calle Arroyo, pero nadie responde. Pulsa de nuevo el botón y espera. Después de volver la cabeza y medio cuerpo, a punto de irse, decide intentarlo una última vez. Justo entonces, la puerta comienza a abrirse despacio, accionada por una cuerda que se extiende escaleras arriba. Emilia se deja engullir por la penumbra del zaguán.

Ya en los altos, mientras espera que vengan a recibirla, admira los sillones de mimbre al lado del balcón y las dos columnas decimonónicas que separan la sala de la saleta.

Rozando la fronda de una palma areca y unas malanguitas, aparece Sofía por el pasillo exterior. Emilia le toma la cara entre las manos y la besa en la frente antes de decirle:

—¡Qué bonito tienes el pelo! Te han sentado muy bien las minivacaciones.

—Voy enseguida. ¿Quieres café? —vocea Mireya desde la cocina-comedor al fondo del largo pasillo.

—Muy poquito, gracias —responde Emilia sin levantar la voz y acercando pulgar e índice.

—Ve y tráeme el café que me va a dar tu mamá, anda —le pide a la niña, acariciándole el pelo y dándole media vuelta.

En cuanto Sofía desaparece, Emilia se asoma a la habitación contigua, donde ha visto que su padre descansa tumbado en la cama con los zapatos puestos: un cuerpo inerte, arropado por la semioscuridad. Había ido a buscarlo a su cuarto nada más salir de la farmacia y tomarse dos dexedrinas compuestas. Al ver que no estaba, se reactivó con una tercera y decidió acercarse a casa de Mireya. Y aquí lo tiene. No ganarán nada con hablar ahora, se dice. Mientras observa en silencio la posición fetal del cuerpo enjuto, se imagina velándolo y de los ojos le brotan unas lágrimas que intenta hacer desaparecer en cuanto ve a Mireya acercarse por el pasillo interior.

—Te lo despierto si quieres —ofrece Mireya, con el café para Emilia.

—Déjalo, que parece cansado.

Las dos mujeres traban conversación de pie, platito y tacita en mano.

—Nos pueden llamar en cualquier momento —dice Mireya—. Casi no duermo. Y me baño dos y tres veces al día. Por desgracia, tu papá no se podrá quedar con la casa, pero poco a poco está sacando lo que más vale para venderlo o llevárselo a su cuartico. Muchacha, ya que estás aquí, ¿no quieres algo para ustedes?

Emilia oye el reproche en el comentario y se muerde la lengua.

—Lo que sea —continúa Mireya—. Si es demasiado grande, puedes venir luego con Pepe. Mira, esta máquina de coser está como nueva y se va a perder. Sería una lástima, ¿no crees? Si llegan ahora mismo a hacer el inventario, de aquí ya no puede salir nada más.

—Gracias, pero por suerte a nosotros no nos hace falta nada.

—Dime una cosa, Emilita, cariño. ¿Por qué, en vez de seguir esperando, Pepe y tú no se presentan como escoria, y también se llevan a tu papá?

Emilia suspira. No hace mucho, las pullitas constantes habrían provocado ira en su respuesta. Como mínimo sarcasmo. Ahora está agotada.

—La verdad es que estamos cansados de esperar la salida por razones políticas y ahora ya ves que se está yendo todo el mundo.

Baja la vista a su taza.

—Yo en tu lugar me presentaría antes de que estos se arrepientan y vuelvan a cerrar por miedo a que se les quede vacía la isla. Además de desafecto a la revolución, digan que Pepe es maricón. Y tú, tortillera. Que van a las orgías en casa de Purita y que también son santeros, testigos de Jehová, ¡qué sé yo! A él le depilas las cejas y le decoloras el pelo con agua oxigenada, y tú te me vistes bien de machonga, con una de sus camisas y su reloj grandote. Lo que sea, con tal de salir.

Emilia no tiene que pensárselo dos veces, pero Pepe prefiere esperar. Por algo aguantó siete años tapiado en Boniato. No le gusta alardear del presidio político, pero fue uno de los plantados, que nunca aceptó un plan de rehabilitación ni se vistió con el uniforme de preso común. ¿Ahora tiene ella que sugerirle que se vaya como si fuera cualquier gentuza? Bebe otro sorbo de café.

—¿Qué dice papi de tu salida? Si él hubiera querido irse, se habría metido con ustedes en la embajada, ¿no? ¿Tú crees que esté dispuesto a presentarse como escoria?

—Niña, ¿no quieres que lo despierte? Está echando una cabezadita porque ayudó a mi hermano a arreglar el carro y se dieron unos tragos. Espera, que le digo que estás aquí.

—¡Deja, deja! —Emilia la detiene tomándola del brazo—. Mejor hablar contigo primero para saber tu opinión y a qué atenerme.

—Ven acá un segundo, cariño, que tengo que decirte una cosa.

Mireya se lleva a Emilia escaleras abajo hasta el descanso intermedio con la intención de alejarla tanto del cuarto donde Ángel descansa como de la sala, donde Sofía se mece en el sillón, con los oídos puestos en lo que conversan.

—¿Puedo contar con tu silencio para un secreto?

—¿Qué secreto?

—Prométeme que no se lo vas a decir a nadie.

—Te lo prometo.

Mireya adopta un aire confidencial y mira de soslayo hacia Sofía.

—Tu padre sí que se metió en la embajada con nosotras, pero se arrepintió y salió.

Emilia aprieta los labios y asiente ligeramente, pero está destrozada. Las fuerzas la han abandonado, las rodillas están a punto de fallarle y teme desplomarse. ¿Qué le está contando su madrastra?

—Esto te lo digo para que lo tengas en cuenta, no para que se lo eches en cara a tu papá. Y mucho menos para que lo vayas regando por ahí, que le puedes hacer mucho daño. Yo creo que en el fondo salió de la embajada por ustedes, porque no quería abandonarlos. Creo no; estoy convencida. ¿Recuerdas que estabas en aquella casa en la playa? Y Eduardo en la unidad militar, el pobre. —Los ojos de color miel miran a Emilia profundamente—. El caso es que ahora tú tienes la oportunidad de decidir qué es mejor para ti y para toda la familia. Uno de ustedes tiene que salir adelante primero, ¿me entiendes? ¡Mira que yo le expliqué esto mismo a él! ¡Miles de veces!

Emilia nunca habría imaginado que su padre siquiera pensara en irse sin decirle nada, sin despedirse. Aunque eso sea precisamente lo que ella está haciendo.

—¡Huy! Si es tardísimo —exclama con voz quebrada y tomando distancia tras mirar al reloj de pared—. Tengo que irme corriendo, que en la casa…

Las palabras se le han ahogado en la garganta y la oración queda inconclusa. Vuelven las lágrimas que antes fue capaz de ocultar.

—Pero, niña…

Mireya le ha tomado las manos.

—Disculpa. Es que me he puesto sentimental con todo este asunto de la separación de la familia —improvisa Emilia sin poder esbozar la sonrisa que desea, aunque nota que la frase misma ha puesto fin a los sollozos y la recompone—. Si de pronto les llega a ustedes la salida y no nos podemos ver, que haya mucha suerte y que Dios las acompañe. Mejor no despedirme de la niña. Un beso.

*****

Pepe ya tiene reunidos los documentos más importantes, ha metido en la cartera el poco dinero que tenía en la casa y se toma un respiro sentado frente a las columnas de libros sobre la mesita de aluminio contra la pared.

El paralelismo entre lo que está pasando y lo que sucedió en el 65 le parece obvio. ¿Cómo es que Carter no lo ve? ¿Será que los americanos no han aprendido nada de Camarioca? A principios de los 60, los cubanos podían salir libremente del país y partían por miles, pero durante la Crisis de octubre en el 62 Kennedy suspendió los tres vuelos diarios entre Cuba y Estados Unidos y en la isla quedó mucha gente con ganas de irse. Hasta que en el 65

Castro acondicionó el puerto de Camarioca para que los que tenían familiares en Florida les dijeran que vinieran a buscarlos por mar. El presidente Johnson nunca sospechó que la cantidad de refugiados pudiera convertírsele en un problema cuando dijo al pie de la Estatua de la Libertad que los cubanos que buscaran refugio en Estados Unidos lo encontrarían. Ahora, como Johnson, Carter ha empezado con un discursito desafiante en el que reafirma su política de brazos abiertos hacia los cubanos que abandonan el país. A ver si va a mantener esa misma postura cuando le llegue toda una oleada. Pepe no olvida que Johnson tuvo que pedirle auxilio a Castro para poner fin a la crisis migratoria que se creó. Como dijo Emilia, Camarioca es la prueba fehaciente de que Fidel puede abrir las fronteras cuando quiera para liberar la presión interna y limpiar la isla de disidentes. ¿Habrán aprendido los americanos la lección?

—¡No se puede sacar cacumen de donde no hay! ¡Estos americanos no aprenden! —se dice abriendo bien los ojos y sacudiendo la cabeza a ambos lados, entre desconcertado y decepcionado.

No lo puede creer: acaba de sorprenderse gesticulando como el mismísimo tiranosaurio. Solo le ha faltado alzar los brazos y tocarse las sienes repetidamente. Se imagina a su enemigo jurado acariciándose la barba y caminando de un extremo a otro de su despacho en la Plaza de la Revolución, bordeando el escritorio, colocando una mano sobre la silla y pasando la otra por una balda de la estantería con libros y dos pequeños bustos, de Martí y Napoleón. El déspota cerraría un puño y extendería el dedo índice a modo de puntero hacia unos interlocutores que se hundirían en sus asientos al oírlo aleccionar con el mayor de los dramatismos:

—Hay que volver a demostrarles a los yanquis lo fácil que se desbarata su política migratoria. Y, sí, nuestros problemas también son suyos, pues fueron ellos quienes los crearon en primer lugar. Ya veremos si es desde

Washington o desde aquí que se controlan las fronteras de Estados Unidos. Una vez más, los yanquis terminarán devorando el festín de su propia ignorancia, soberbia y tozudez.

Pepe está tan imbuido en la imaginaria intervención que no ha visto ni oído venir a Emilia. Y el cuarto huele a arroz quemado.

Cuatro Ruedas - El Mosquito - Mariel

En la tarde del 8 de mayo, Emilia y Pepe se incorporan al heterogéneo grupo de disidentes que va entrando en lo que han dado en llamar "la oficina de la escoria" en Cuatro Ruedas: un terreno baldío vallado con tablones de dos metros de altura. De ambos costados reciben insultos y agresiones.

Adentro la burocracia que las autoridades interponen hace que las colas apenas avancen. Reinan la incertidumbre, el recelo y el miedo.

Al caer la noche, Pepe le dice a Emilia que de un momento a otro los trámites empezarán a acelerarse, pues es de suponer que también los funcionarios necesiten dormir, y que antes de irse a casa terminen su trabajo. Pero esta ingenua esperanza se desvanece cuando algunos de los que se hallan sentados a las mesas de recepción son reemplazados por otros con toda la calma del mundo.

Aunque su cola camina muy lentamente, la pareja se ve obligada a permanecer de pie durante toda la noche. Es a las siete de la mañana cuando, agotados, somnolientos y con las piernas doloridas, llegan finalmente a presencia de un agente de Inmigración.

—¿Antecedentes penales? —pregunta el hombre en tono desganado, con la mandíbula inferior adelantada y las mejillas fláccidas y descolgadas, como las de un perro.

—Preso político —responde Pepe.

—¿Y ella?

—Ella es mi mujer, también desafecta al proceso y con tantos motivos como yo para irse.

—Tu mujer. Bien. ¿Has traído la sentencia y la carta de libertad?

—Aquí está todo lo que necesita —dice Pepe mientras coloca varios papeles sobre la mesa.

—Solo necesito lo que te estoy pidiendo.

Luchando contra los nervios y el sueño, Pepe encuentra y le pone en la mano los dos documentos sin pronunciar palabra. Detrás de la mesa, el oficial comienza a leer uno de ellos en voz alta, pero enseguida detiene la lectura.

—¿Qué más, aparte de contrarrevolucionario? ¿Homosexual? ¿Ladrón? ¿Santero? ¿Testigo de Jehová?

Pepe se limita a negar en silencio.

—Testigos de Jehová los dos —dice inesperadamente Emilia, y se pregunta si el oficial aceptará el caso como pareja, si la interrogará a ella por separado, o si intentará humillarlos en público.

Mientras tanto, en la mesa a su izquierda, un rubio delgado relata a su interrogador los pormenores de varios hurtos en los que ha participado: lugares, fechas, artículos, cantidades y cómplices. A la derecha, un cincuentón que parece haber alegado ser homosexual es conminado por dos mujeres oficiales a tocarle las nalgas a un joven mulato de modales exageradamente afeminados que permanece de pie a su lado.

—Pero dinos de una vez, ¿eres activo o pasivo? —pregunta una de las mujeres.

El hombre permanece imperturbable unos segundos. Entonces agarra una nalga y la aprieta.

—¡Niño! Parece que no, pero es un salvaje. ¡Miren esto! Seguro que me va a dejar un moretón. Y yo quiero llegar a la Yuma enterita, que Broadway me está esperando.

—Una cosa es ser maricón y otra no tener ni gota de dignidad. Ponte en esa fila de ahí, anda —le ordena al joven la mujer, conteniendo con dificultad la risa.

—*New York, New York* —se aleja cantando él.

—Y tú, viejo bugarrón barato, ponte detrás de tu loquita, ya que te gusta tanto su culo. Antes de que cambiemos de parecer y te pongamos en un grupo donde te van a comer como pirañas.

—Depositen los carnés de identidad en la cubeta y pónganse detrás de esos dos para las huellas digitales —termina por ladrar el oficial frente a Emilia y Pepe tras hacerles firmar los impresos donde ha estado escribiendo.

Después de tomarles las huellas, los hacen esperar junto a otras personas frente a la puerta delantera de un autobús Girón.

Al oír que algunos llevan más de dos días en aquel vergonzoso chiquero, Emilia se explica la celeridad con que se ha tramitado su caso únicamente por los antecedentes políticos de Pepe. Por un momento siente la necesidad de contarle a su marido que Ángel había entrado y salido de la embajada mientras ellos pasaban unos días en la playa. ¿Qué motivos tiene para guardar silencio? Se lo ha prometido a Mireya, pero seguramente a estas alturas ya habrá divulgado el asunto a los cuatro vientos. No hay secreto de dos personas. Estaría mejor guardado si Mireya no se lo hubiera largado. ¡Menudo favor le ha hecho! Un secreto familiar es una carga demasiado pesada para sus pequeños hombros. Cuanto más tiempo pase sin contárselo a Pepe, menos confianza le merecerá a su marido. ¡Ahora es ella quien lleva la maldita cruz!

No muy lejos del autobús, al lado del barracón que hace de oficina, dos hombres bajan de un camión cisterna. Uno de ellos se pone inmediatamente a desenrollar una manguera y, tras corregir los dobleces, le grita a su compañero que ponga en marcha la bomba. En cuanto escucha el motor, el hombre enfila la boquilla hacia el grupo expectante al costado del autobús. Tan solo bastan unos segundos para que el chorro abata a un par de personas antes de pasar a unos tanques de fibrocemento.

La oficial de pelo corto que en un principio los condujo hasta allí ha reaparecido de detrás del autobús.

—No se quejen, que es para evitar epidemias.

La mujer golpea con los nudillos el parabrisas y hace unas señas al chofer y al otro hombre en uniforme verde olivo, que conversan dentro con las puertas y ventanillas cerradas.

—¡Arriba! ¡Subiendo! ¡Rápido! —ordena seguidamente al grupo, que no puede sino apretarse porque la puerta permanece cerrada.

En cuanto se lo permiten, muchos empapados y algunos heridos, los aspirantes a pasajeros suben y se acomodan en el autobús, que no tarda en ponerse en camino.

No bien dejan atrás el cerco de tablones de la salida, Emilia oye un estrépito seguido de unos gritos. Desde la calle les han lanzado un huevo que por suerte ha encontrado una columna donde estrellarse, pero ha salpicado a varias personas. Las pocas ventanillas que iban abiertas se van cerrando una tras otra justo antes de que una muchedumbre apostada en la carretera se aplique en arrojarles piedras. Algunos pasajeros se echan al suelo. Emilia agacha la cabeza.

—Tranquilos, que ya hemos pasado el peligro —dice el chofer al espejo retrovisor interior una vez que el autobús lleva una velocidad constante.

Cuando la mayoría logra calmarse, el segundo militar se pone de pie y proyecta la voz hacia el fondo.

—En el lugar adonde vamos les van a quitar todo el dinero que llevan, así que, si nos quieren dejar algo, me lo pueden entregar a mí.

Justo en ese momento, el autobús da un giro y se adentra por un terraplén, que de vez en cuando hace contacto con el chasis. Gorra en mano, el hombre avanza por el pasillo mirando a los ojos de los pasajeros, quienes lo observan incrédulos, pero a la vez conscientes de que han escuchado la triste verdad. Tras recorrer de nuevo el pasillo en un pesado silencio y extraer el contenido de la gorra, el tipo vuelve a gritar.

—Grábense el número de la guagua, que los van a llamar por él. Doscientos catorce. Dos, uno, cuatro.

*****

Del promontorio donde se han detenido van saliendo tantas guaguas como las que llegan, con los asientos ocupados y nadie de pie. A diferencia de Cuatro Ruedas, en este otro lugar no hay hordas apostadas a la entrada y Emilia puede oler el mar.

—Campamento El Mosquito. Aquí nos bajamos todos —anuncia el chofer.

En la barraca a la que los conducen, mujeres y hombres con uniformes de aduanas les ordenan que echen el dinero en una caja de cartón. Los registran y les confiscan relojes, joyas, llaveros, carteras y toda información de contacto de otras personas. Seguidamente, les dan un salvoconducto numerado e instrucciones de que, al llegar a Estados Unidos, digan que son asilados en la embajada de Perú porque, de lo contrario, no los aceptarán. Por último, les dicen que pueden buscar fuera de la barraca un sitio donde acomodarse.

Pero el espacio no abunda en este otro encierro sobre un peñasco, donde hay concentradas como sardinas en lata más de mil personas. Mientras recorre el lugar con Pepe, Emilia va haciendo un inventario mental de lo que ve: un par de uveros, varias carpas y unas cercas de púas que pretenden dividir el lugar en secciones para los asilados en la embajada, los reclamados por parientes en Estados Unidos, los presos políticos y los comunes. Todos se han mezclado y deambulan por el campamento a la espera de que los llamen, algunos dicen que desde hace cinco días. Por fin puede ver el mar: no hay ningún barco a la vista y el sol entra en su ocaso.

En un extremo del peñasco, la gente hace cola en el lodazal que se ha formado sobre una masa de roca y pega la cara a los filosos crestones para beber de una pila de agua a ras de suelo. Cerca del bebedero, los militares han montado una inmensa cazuela sobre bloques de hormigón alrededor de una hoguera de leña. En ella revuelven arroz, agua y varias docenas de huevos. Sirven el mejunje con un huevo hervido en su cascarón en las manos de quienes pasan por allí, como Emilia y Pepe, que comen algo del arroz asopado y descascaran los huevos mientras continúan recorriendo el campamento. A pesar de que los militares han echado serrín en el rincón donde se hacen las necesidades a la vista de todos, el olor a orina y excremento es insoportable.

Esa noche la pareja la pasa entre el arrecife y la carpa. Hacia las cuatro, los pasos de botas sobre el fango y destellos de linternas impiden que Emilia concilie el sueño. Armados con ametralladoras AKM, los militares sueltan unos pastores alemanes que no muerden, pero hacen que la gente huya despavorida, se caiga y se hiera en la roca. Emilia se aprieta contra Pepe. Frente a ella, dos jóvenes sentados espalda contra espalda, al parecer rendidos por la fatiga, no oyen la estampida a su alrededor. Hasta que un hocico húmedo e inquieto acude a olisquear los zapatos de uno de ellos y luego hace contacto con su tobillo. El animal recibe un puntapié seco en los belfos y emite un gemido lastimero al tiempo que se aleja con el rabo entre las patas.

—¿Qué le ha pasado a ese perro? —ladra un militar.

No hay respuesta. Ajenas de miedo, que no de cautela, dos sombras se escurren entre la multitud y se mimetizan con ella como si nunca hubieran existido.

*****

La tarde languidece sin que el matrimonio note avance alguno en su procesamiento.

—El que se quede dormido y no oiga el número de su guagua pierde la salida. ¿Me oyen? Atentos, que aquí no hay quejas ni reclamaciones.

El militar que acaba de hacer esta advertencia empieza a cantar nombres y primeros apellidos. Los interesados deben responder con su segundo apellido, so pena de perder el autobús y, con él, la posibilidad de emigrar.

Visto lo visto, más vale organizarse, se dice Pepe al ver caer la segunda noche en El Mosquito. Crea un grupo con cuatro compañeros de carpa para que cada uno se aprenda de memoria los números de las guaguas de todos y pueda avisar si oye que anuncian la salida de alguna.

El plan da resultado, pues poco antes de las tres de la mañana lo despiertan a voces.

Él se incorpora como si llevara dentro un resorte, sacude a Emilia y los dos echan a correr hacia las guaguas gritando:

—¡Aquí, José Antonio Galán Brito y Emilia Ribot!

—¡Emilia Ribot Hernández!

A oscuras los conducen junto con otras treinta personas a una piscina abandonada. Les ordenan bajar en fila india por un extremo, vadear el agua estancada con hojas podridas que alcanza medio metro de profundidad en el centro, y salir por el otro extremo. Cumplido el ritual con agua fétida, los llevan de nuevo al área de los autobuses, donde, de pie sobre el estribo de una puerta delantera, un oficial de piel cobriza lee con dificultad los nombres de quienes deben subir.

Aprovechando la confusión que genera la lectura de la lista, casi una decena de los amontonados frente a la puerta se escurre hacia el interior del autobús en cuestión de segundos.

—¡*Patrátólmúndo*! ¡De aquí se van a ir los que me salga a mí! ¡Y que nadie se ponga farruco, que descojono al más pinto! —grita el militar antes de lanzar un par de patadas.

Para cuando el hombre restablece el orden, Emilia y Pepe han subido a empujones y avanzan rápidamente hacia atrás, pues los primeros asientos ya están ocupados. Ella logra acomodarse en el fondo, pero él parece haberse quedado sin sitio. La mirada de Emilia alterna entre la cabeza del militar y las de los pasajeros sentados. ¿Es realmente tan difícil organizar esto de forma que monten únicamente los que vinieron juntos y cuyos nombres están en la lista que el hombre tiene en la mano?

—El que no encuentre asiento se tiene que bajar y montar en otra guagua —grita el oficial mirando hacia el fondo antes de ponerse a contar cabezas.

El autobús apesta a la alberca de la despedida. Emilia y Pepe cruzan miradas un instante y él se encoge de hombros. Ella continúa mirando desesperada en todas direcciones, pero no encuentra un hueco para él. Justo entonces, recibe un codazo en el costillar derecho. Temerosa, dirige la vista hacia el lado de donde ha provenido el golpe. No puede enfocar a un palmo de la suya la cabeza masculina canosa. Tan solo ve un diente de oro articular en un susurro:

—Dile que se siente en el suelo entre nosotros dos y que agache la cabeza.

*****

El autobús los deja a la entrada del puerto de Mariel, custodiada por soldados armados. Dos militares hacen que el grupo forme en fila india y lo llevan hasta una nave con bancos de madera orientados hacia el muelle. Allí los sientan en los puestos más alejados del mar y les explican que deben pasar a los que tienen delante a medida que se desocupen.

Después de haber avanzado la mitad de las filas, Emilia observa parte de una embarcación atestada de gente con los pies colgando del techo y de los masteleros. Pepe le indica que les toca avanzar, pero un oficial ordena que se queden donde están y sienta delante a un grupo de hombres. Algunos de los recién llegados hablan solos; otros babean. No será la única vez que les cuelen a gente antes de llegar a la primera fila.

De los bancos no pasan directamente a las embarcaciones, sino que los hacen esperar de pie en el muelle, formados en apretadas hileras bajo un sol que raja las piedras.

—¡Dame cinco más, rápido! —Emilia oye gritar desde un atracadero.

—¿Tú vienes sola con los niños? ¿Nadie más? —se apresura a preguntarle a la joven que tiene delante, con un niño de unos seis años en una mano y una niña no mayor de tres en la otra.

—Sí. ¿Por qué?

—¡Cinco aquí! ¡Somos cinco! —grita Emilia con todas sus fuerzas a la vez que salta y agita una mano en el aire para hacerse ver.

El oficial a cargo de la formación les ordena que salgan de sus puestos y se dirijan deprisa a su compañero en el yate que señala.

—¡La muñeca! —gritan desde las filas.

La madre vuelve la cabeza un instante y, al no ver en el suelo la figurita humana, le dice a la niña que siga corriendo hacia el atracadero. Mientras avanzan a toda prisa, del muelle sale un proyectil que traza una parábola perfecta hasta las manos extendidas de un pasajero en el *Lady Marion*. Se escuchan aplausos, tanto en cubierta como en tierra, y la muñeca va pasando de mano en mano hasta llegar a la niña.

—¡Felicidades! Mejor regalo para este día, imposible —le dice Pepe a la mujer con una sonrisa mientras se acomodan en el costado derecho de la proa.

—Gracias —responde ella, y entonces se percata de que es el segundo domingo de mayo, Día de las madres.

La joven aprieta a los niños contra sus caderas y suspira, consciente de que entre el pasaje habrá madres que no reciban este día el cariño de sus hijos, e hijos que quizás no vuelvan a ver a sus madres.

*****

El *Lady Marion* tiene que esperar. Nadie puede salir del puerto hasta que las autoridades concedan los permisos pertinentes. Con las horas, a pesar de la reticencia general a un "cuéntame tu vida", las palabras se han ido hilvanando entre los cubanos de la isla y los del exilio. Emilia misma conversa con una señora de unos cincuenta años que lleva el pelo recogido en un pañuelo y un brillo acerado en la mirada. Dice haber venido a llevarse a su madre, pues su padre falleció en Cuba hace años.

—Perdone, ¿cómo ha dicho que se llama? —pregunta Pepe para unirse a la conversación.

—Carmen. Encantada.

—José Antonio. Mucho gusto. —Pepe estrecha la mano que le ofrecen y continúa—: Carmen, usted le venía contando a mi mujer que después de la Crisis de octubre muchas familias quedaron separadas con el estrecho de por medio. ¿Cómo era la cosa antes de que suspendieran los vuelos? ¿Se iba el que quería?

—Pero, Pepe, va y Carmen no quiere... —lo reconviene Emilia.

—No, no. —La señora alza y baja la mano como para despejar el aire—. Es bueno que pregunte. No me molesta. Mira, entre el 59 y el 62, a los cubanos que vivían en la Florida se les sumó un cuarto de millón. Esa cifra da una idea de lo popular que ya era el nuevo gobierno. Pero nada como lo que se está viendo en estos días. Esto es un escándalo y un bochorno para los comunistas.

—¿Y Camarioca?

—La primera vez que abrieron. Sí, señor. Para acá vinieron muchos barcos y se llevaron a varios miles de personas, pero créanme que nada como esto.

—Usted salió cuando los que se iban eran políticos, abogados, médicos y empresarios. La edad de oro del exilio, ¿no? Cuéntenos un poco de aquella época, Carmen, y así pasamos el tiempo entretenidos.

—¿Pero esto es una entrevista o qué? —protesta Emilia dándole un golpe con el codo a su marido.

Carmen sonríe, dispuesta a seguir charlando.

—A nosotros una agencia de reasentamiento nos buscó casa y trabajo en Miami nada más llegar. También había clases de inglés, préstamos para estudiar en la universidad, y facilidades de todo tipo para hacerse residente y ciudadano. Ya no es lo mismo, pero ustedes no se preocupen por lo que dejen atrás, que en el Norte podrán conseguir lo que quieran si están dispuestos a trabajar duro.

—En el Norte y en cualquier sitio menos aquí —masculla Pepe—. Este país no tiene arreglo. ¿No ha oído el chiste del agente de la CIA que mandan a Cuba para investigar por qué Fidel no se cae?

—No, mi hijito. Si no me lo cuentas tú…

—Pues resulta que, después de pasarse meses en la isla observándolo y analizándolo todo, al hombre le llega el momento de redactar su informe y escribe: "La situación es complicada. No existe desempleo, pero nadie trabaja. Nadie trabaja, pero se cumplen todas las metas productivas. Se cumplen todas las metas productivas, pero no hay nada en las tiendas. No hay nada en las tiendas, pero el cubano resuelve. El cubano resuelve, pero siempre está protestando. Siempre está protestando, pero luego va a la Plaza de la Revolución y aplaude a Fidel. Aplaude a Fidel, pero se pasa todo el día deseándole la muerte".

—¡Qué bueno! Ya me gustaría poder contarlo al regreso, pero es un poco complicado, ¿no?

—Como la vida misma aquí. Nosotros…

—¡Ese! ¡Ese mismo! —grita una mujer.

Dos hombres se le echan encima a un tercero para quitarle a la fuerza la chaqueta que lleva puesta antes de tumbarlo al suelo y atarlo con un cinto a la base de un asiento.

—A mí me da lástima que al pobre capitán le estén cargando este yate tan bonito y limpio con toda esa gentuza —dice Carmen en voz baja—. Que yo sepa, esos hombres con las camisas chillonas y estrujadas no tienen ningún parentesco con los que pagamos por venir.

—A la legua se ve que son locos y presos comunes —se entromete en la conversación la mujer que gritó antes—. El que se robó la chaqueta estaba preguntando cuándo lo iba a ver el doctor. Y miren con disimulo a ese otro, pelado al cero y descalzo. Dice que lo amenazaron con duplicarle la sentencia si no se iba.

Emilia retira un pie para que pase uno de los hombres de los que están hablando. Observa en silencio la falta de espacio, las caras macilentas y las miradas ansiosas a su alrededor. Luego se aprieta de espaldas contra el púlpito amurado en la proa mientras estira el cuello con la esperanza de encontrar a su padre y a su hermano en tierra.

*****

Aún sin permiso de salida del puerto, Bob Nash observa cómo de un viaje a otro las condiciones en Mariel han empeorado hasta casi convertirlo en un campo de concentración flotante. Ahora mismo, uno de los oficiales acaba de traerle a otras veinticinco personas. Al mermar la cantidad de embarcaciones entrantes debido al mal tiempo, era de esperar que el gobierno aprovechara para meter en las que salían cuanta gente pudiera, pero este guardia en particular parece empecinado en sobrecargar el *Lady Marion*.

¿No ve que no cabe una persona más? ¿Está loco o es un gran hijo de puta?

—¡No poder montar otro veinticinco, *for God's sake*! ¡El barco va a hundir! —intenta hacerle ver con gestos desesperados.

—Ningún problema. Todos los cubanos se quedan aquí.

—Señor, tiene que entender… —interviene Dave.

—Bajando entonces. Vamos.

—Pero… —objetan a coro los cubanos.

—Pero nada. Todavía no se ha podido procesar a los individuos solicitados por cada embarcación —explica el oficial con la mirada fija en Dave, como si el resto no existiera—. Hay que cooperar y llevarse al personal que está listo para partir. Aquí no hay privilegios. Los familiares reclamados que se están procesando saldrán en otros yates, atracados o por llegar. Si los pasajeros en este ya han reclamado a los suyos, pueden estarse tranquilos, que tarde o temprano saldrán. Aquí lo que estamos haciendo ahora mismo es perder el tiempo y obstaculizarlo todo.

Los emigrados viran hacia Bob unas caras de carnero degollado que parecen preguntarle al unísono si su yate puede regresar a Florida con la nueva carga.

—*All right. Fine.* No es la cosa correcta, pero ¿qué poder hacer?

Y es así como, una semana después de su tercera visita a Mariel y con un centenar de personas a bordo, el *Lady Marion* se integra en el flujo continuo de barquitos que salen del puerto. Bob se sustrae de la algarabía desempaquetando cuatro chalecos salvavidas nuevos, que con los disponibles en diferentes puntos de la embarcación no hacen una decena.

El tránsito

En cuanto se pone el sol, empieza a tronar y la mar se riza. Cientos de embarcaciones de todos los tamaños conforman una impresionante flotilla. Los rumores se difunden a gritos de una a otra y en el *Lady Marion* se enteran de que ha naufragado un camaronero.

La noticia no sorprende a Emilia, que puede ver cómo las olas se levantan por encima de los barquitos indefensos. A veces los más pequeños desaparecen del todo para resurgir segundos después. Se trata de un instante, pero la tensión por saber si volverán a aparecer es tal que ella prefiere no mirar. Aferrada al pasamanos que bordea la cubierta, escucha los mugidos del motor. Supone que el mal tiempo y la sobrecarga impidan exprimirle el máximo de rendimiento. Los ruidos del penoso avance envuelven su deseo de llegar, de llamar a su padre y contarle, mientras la brisa le barre la densa y rizada cabellera sobre los ojos.

—No quiero nadie de pie, por favor. Nadie de pie, por favor —va diciendo Bob.

Al sentarse, Emilia se ve obligada a recoger las piernas por la falta de espacio y siente contra las nalgas el impacto de las olas en el casco. El cuerpo tembloroso se le contrae con cada bandazo. Mientras reza en la penumbra para que el barquito no se desarme, observa de soslayo los espantados rostros que se dibujan contra superficies de un blanco fantasmagórico. La mayoría son de hombres. Unos con barba de varios días, cansados, heridos y embarrados de huevos o fango. Otros rapados, que lo mismo intentan dormir que gatean y resbalan aquí y allá, desafiando lo que cada vez se parece más a un vendaval. Pese a ser habitantes de una isla, muchos viajan en barco por primera vez. Si sus movimientos ya eran torpes antes de zarpar, ahora, con las sacudidas constantes y una proa que lo mismo apunta hacia el cielo ennegrecido que se hunde y provoca un sobresalto, no es de extrañar que vayan mareados y vomitados. Un joven arroja con espasmos lo poco que debía de llevar en el estómago. Al instante le vienen a Emilia ganas de devolver, pero resiste y contiene la náusea.

No muy lejos del *Lady Marion*, el *Sea Hunter*, de veinticuatro pies de eslora y sobrecargado de emigrantes, va a la deriva. *El Mandy*, de igual tamaño y también a la deriva, hace agua y lo han evacuado. Afortunadamente, los guardacostas norteamericanos aligeran de su carga humana los barcos con problemas. *El Dallas*, por ejemplo, lleva a doscientos sesenta refugiados a bordo y seis naves a remolque con otros cien. El *Diligence*, que acaba de rescatar a los veintiocho ocupantes de una embarcación que se hundía, escolta un convoy de otras veintitrés que transportan a unas mil quinientas personas. Otro buque, de nombre *Courageous*, remolca varios barquitos más y lleva a bordo a unos doscientos refugiados.

Los guardacostas no son los únicos que brindan asistencia a las embarcaciones con dificultades. El *Lady Marion* mismo tira de una lanchita con quince personas y sin combustible.

*****

Hacia las cinco de la mañana rompe un aguacero que serena el mar, cala a los pasajeros del *Lady Marion* y limpia de vómitos la cubierta. Desde un buque estadounidense que se ha acercado por estribor lanzan unos chalecos salvavidas a la lanchita a remolque y unas bolsas grandes, con sándwiches y botellas de agua, al yate de Bob.

Dave, que se ha abierto paso hasta la popa, le pasa con discreción un cuchillo al señor de Kendall y le dice:

—Si ves que la lanchita empieza a hundirse, corta la soga o nos hundimos todos.

El hombre asiente con un guiño de complicidad.

—*Keep going! Keep going!* —gritan desde el barco americano.

Bob y Dave hacen señales de que todo va bien al helicóptero sobre sus cabezas, que continúa sobrevolándolos con un ruido ensordecedor hasta que la lancha cañonera de los guardacostas cubanos que se ha acercado por babor da media vuelta y enfila hacia la isla.

—¡Abusen ahora, cobardes! ¡Pendejos! —grita un hombre desde la lanchita a remolque.

Varios pasajeros del *Lady Marion* se le suman:

—¡Hijos de puta!

—¡Abajo Fidel!

*****

La monotonía cromática del cielo ha ido pasando de negro a azul plomizo, y un brochazo gris aclara un poco el mar hacia el este.

—*That's Key West*. Cayo Hueso. *Fucking US of A* —señala Dave, eufórico.

El comentario anima a todos en el motovelero, aunque nadie puede ver nada en esa dirección. Emilia busca entusiasmada las siluetas de rascacielos y tarda en vislumbrar un minúsculo punto en el horizonte.

El puntito desaparece de vez en cuando como si se tratara de un espejismo. Poco a poco adopta la forma de un corto trazo acostado, pero el júbilo que suscita se apaga enseguida al no notarse ninguna otra mudanza en el horizonte. Sobre lo que parece el remate de la torre de una iglesia, lo único que cambia es la coloración del cielo, de gris a rosado cálido.

*****

Un nuevo amanecer y el sol brilla con intensidad sobre un azul claro y uniforme. Si bien en la última media hora se venía notando el avance, desde hace un rato el patrón del *Lady Marion*, en vez de acabar de atracar en el primer muelle o arrimarse a cualquier punto de tierra firme, aunque sea un maldito manglar, lo que hace es mantener la embarcación cautelosamente distante de la costa. A fin de sosegarse, Emilia se dice que al menos el mareo y las náuseas han ido desapareciendo, y que los olvidará del todo cuando ponga pie en territorio americano.

De pronto escucha gritos de mujeres y aplausos. Alguien acaba de zambullirse y un joven copia el ejemplo. Emilia consulta a Pepe con la vista. Sin cruzar palabra, la pareja se toma de la mano y permanece inmóvil.

*****

El *Lady Marion* ha dejado atrás la larga fila de barcos que esperan para atracar y, poco después de las nueve de la mañana del 17 de mayo de 1980, se arrima al muelle de Truman Annex en Cayo Hueso.

—Yo de aquí no me bajo, que ese guardia nos va a meter presos a todos —comenta una señora mayor al ver que un militar en traje de campaña se acerca a la embarcación.

—Señora, está en la tierra de la libertad. Olvide el miedo y el sigilo —la anima uno de los hombres en camisas de rayón con patrones de amebas en azul, rojo y verde.

Como para demostrar lo que dice, el hombre salta eufórico al muelle, se agacha, coloca las palmas de las manos contra el suelo y besa repetidamente el hormigón.

—¡Libertad! ¡Libertad! —exclaman otros nada más pisar tierra.

Desde el muelle, una representante de Phillip Morris Tobacco Company extiende un brazo hacia el *Lady Marion* con varias cajetillas de Marlboro. La mujer sonríe mientras una fotógrafa en cuclillas captura las imágenes de los cubanos que aceptan agradecidos los cigarros.

—¡Están dando Marlboro gratis!

Al oír la voz, unos diez isleños corren de babor a estribor, con lo que la embarcación casi da un vuelco. Las estadounidenses, que se ven obligadas a pegar un salto hacia atrás, quedan lívidas y rígidas como velas.

—¿Han visto los refrigeradores llenos de comida que nos están esperando? —pregunta uno de los hombres aún a bordo mientras señala hacia las cabinas de unos baños portátiles—. Miren cómo la gente entra, jama y sale satisfecha.

—Asere, no me cojas para eso, que yo soy del campo, pero no un guajiro cayuco —responde sin mirarlo otro con la cabeza rapada mientras se le pone delante en la cola para bajar.

No muy lejos de aquellos lavabos, con los bolsillos llenos de cajetillas de cigarros, seis recién llegados en las mismas camisas llamativas y estrujadas entran en un contenedor donde les han dicho que pueden hacer uso de las donaciones de ropas de cubanos residentes. Detrás de una cerca al lado de los contenedores, un mar de personas aplaude y grita mientras los isleños son guiados por agentes del servicio de inmigración hacia la estación aeronaval.

De la estación, tras darles la bienvenida con una lata de Coca Cola y una manzana, los trasladan en autobuses al estadio Orange Bowl, donde pasan la noche antes de partir para el aeropuerto de Opa-locka.

El procesamiento en el aeropuerto se realiza ordenadamente. Los oficiales parecen amables e impresionados con los estudios y la experiencia laboral de algunos. Cuando se les intenta hablar en inglés lo agradecen, pero insisten en usar el español. Con todo, Emilia observa que los americanos parecen contrariados, aprensivos o algo por el estilo. Lo nota en las miradas rápidas de sus ojos afilados, en los movimientos casi imperceptibles de sus entrecejos y frentes. Como no tiene manera de averiguar el motivo de lo que quizás solo sea el producto de su propia paranoia, deja de preocuparse. Está segura de que pronto se recuperará del tránsito estigio en este otro mundo que se le presenta con cigarros, Coca Cola, manzanas y recursos sobrados nada más acudir a habitarlo.

Al cabo de los días, en un periódico en inglés que encontrará sobre un asiento en una lavandería, se enterará de que pisa territorio estadounidense justo cuando en Miami hay un toque de queda y cuatro mil efectivos policiales provenientes de todo el estado acordonan los barrios negros. Los afroamericanos andan incendiando vehículos, negocios y edificios en protesta por la reciente absolución de cuatro policías blancos que en diciembre del 79 mataron de una paliza a un agente de seguros negro por una infracción de tránsito. Además del toque de queda y del refuerzo del personal de seguridad, han prohibido temporalmente la venta de alcohol y de armas.

Operación salida

Ha sonado el timbre. Mireya baja el volumen del televisor y se asoma al balcón, desde donde ve a dos soldados frente a su puerta.

—¿Mireya González Pulido? —pregunta uno.

—Yo misma. Un momentico, que ahora bajo.

Le resulta extraño que hayan venido a pie, pues había oído decir que las citaciones para la salida del país las traían los oficiales del Ministerio del Interior en motocicleta. Solo hay un modo de comprobar quiénes son y qué quieren, se dice mientras baja las escaleras. ¡Las noches de vigilia que ha pasado atenta al ruido de una moto y las veces que ha corrido al balcón por creer oírlo! ¡Para que estos dos se aparezcan a pie a las diez de la noche, justo cuando acaba de sentarse a ver la televisión!

—Inmigración —oye nada más abrir la puerta—. ¿Su hija se encuentra en la casa en estos momentos?

—Buenas noches. ¿Por qué lo pregunta?

—Señora, responda. ¿Está o no su hija aquí con usted?

Mireya siente que los vecinos observan desde las rendijas en los bajos y los balcones. Mejor así, piensa. Que miren todo lo que quieran, pero cada uno desde su casa.

—¿No puede decirme de qué se trata y así...

—Déjenos pasar si no quiere llamar la atención de los vecinos.

—Pasen entonces.

—Tráigame su carnet de identidad, la tarjeta de menor de la niña y los salvoconductos que les dieron en la embajada. Tienen diez minutos para abandonar la casa. No pueden llevarse nada con ustedes, excepto los pasaportes y salvoconductos. Y tráiganos las llaves del domicilio, que ahora vienen otros compañeros a precintarlo.

Es la hora de la verdad y le entran dudas, pero lo precipitado de la operación ya le basta para reafirmar su voluntad de largarse. No hay tiempo que perder ni necesidad de exasperar a los oficiales, se recuerda mientras entra a la habitación de Sofía, que duerme tranquila. Después de contemplarla un instante y decirle en silencio que en Cuba no hay futuro, la acaricia y le susurra al oído que ha llegado el momento y que debe vestirse.

—¿Ya lo tienen todo? Síganme, que vienen conmigo al aeropuerto —dice el otro soldado, mirando escaleras abajo.

Mireya carga a la niña, la besa y sale al pasaje casi corriendo entre los dos hombres. Esta operación salida, en vez del felicísimo momento en que siempre se imaginó que respiraría profundo y se abandonaría a la tan añorada libertad, le está pareciendo una humillante redada, hasta tal punto que teme que la esposen.

El autobús que espera con el motor en marcha en la calle principal se pone en movimiento en cuanto suben. Entonces Mireya cae en la cuenta de que se va tan solo con la ropa que lleva puesta, además del deseo de salir adelante y encontrar un futuro mejor para su hija. Está a un paso menos de la libertad que ha añorado.

El resto de los pasos se suceden en unas escasas horas, al cabo de las cuales madre e hija se ven en un campamento para refugiados improvisado en el Parque Túpac Amaru del distrito de San Luis, en la capital peruana. Allí se encuentran a otros cuatrocientos cubanos, una cifra que verán aumentar con las semanas.

Verdi

Empieza a lloviznar y Ángel decide regresar a su cuarto. A pesar de haber tocado a una decena de puertas de conocidos, no ha podido vender ni la batidora ni el reloj de pared que lleva en el bolso. Con la venta de ropas y objetos que pudo sacar de la casa de Mireya pensaba ganarse un dinerito adicional, pero le está resultando difícil.

A la entrada del solar contiguo a la tienda Alborada, Fina lo saluda antes de picarle un cigarro y rechazar una tras otra sus ofertas.

—¿No tendrás todavía aquel gato de porcelana que yo tanto les celebraba en el apartamento de Ayestarán? —pregunta entonces.

La mención del adorno revive en Ángel las escapadas diarias de Fina e Hilda de la fábrica de embutidos El Miño para tomarse un cafecito rápido en el apartamento donde Hilda y él vivían entonces. Antes de responder se toma un instante para deshacer el nudo que aún se le hace en la garganta al recordar el cariño que se profesaron y la familia que allí fundaron.

—Sí que lo tengo. Te lo puedo dejar en sesenta pesos con tal de que no vaya a parar a manos extrañas. La verdad es que me resolverás un problema y te harás de un objeto que vale fácilmente trescientos. Seguro que no sabes que mi antigua suegra lo llevaba a la ópera muchos fines de semana. Es un gato muy culto, ¿sabes? Se llama Verdi, pero puedes llamarlo como quieras, que al pobre se le habrá olvidado hasta su nombre con el tiempo que lleva cogiendo polvo en un rincón.

—Ay, Angelito, deja el nombre del gato ahora y atiende acá. Te puedo dar veinticinco pesos por él si me lo traes a la casa hoy que tengo el dinero, antes de que me lo gaste en comida.

—Coño, Fina, no abuses.

—Treinta.

—Digamos que cincuenta y trato hecho, que yo también tengo que comer.

—Ni para ti ni para mí. Cuarenta, va. Lo que quiero es que nos ayudemos como los buenos amigos que somos.

—Está bien. Trato hecho. No te vayas a mover de aquí, que en menos de una hora te lo traigo.

*****

Ángel deja el pesado bolso encima de la mesa y sube a la barbacoa. Le ha vuelto el alma al cuerpo. Se seca el pelo y se peina en el minúsculo aseo, se pone una capa de agua encima de la ropa mojada y toma de la repisa la pieza de porcelana china. Antes de bajar las escaleras, comprueba que puede llevarla oculta debajo de la capa.

Sin él advertirlo, con cada paso, el gato se le va resbalando bajo del nailon hasta que le roza un muslo, cae sobre uno de los escalones de madera, salta intacto a otro y, por último, al suelo de losas, donde termina haciéndose añicos.

Ángel permanece inmóvil un instante, tras el cual se deja caer para quedar sentado en la escalera, tan pálido como los restos de porcelana. Ha decidido no levantarse mientras no se reconcilie con Hilda por la mezquina acción. Tantas batallitas sin fin y sin fruto lo tienen cercado y enfrentado a todos, incluidos ahora los muertos. A pesar de tanto esfuerzo, las privaciones son mayores y el cerco se sigue estrechando.

Han tocado a la puerta, pero él permanece en silencio sobre el escalón. No se siente en condiciones para abrir. No quiere ver a nadie.

—Ángel. Soy Migue.

El colmo de esta mala racha es que hasta las apuestas han quedado varadas desde que los dos apuntadores del barrio se fueron del país. Por suerte, a Chicho y a Migue les ha parecido bien su idea de apostar a los números del *Granma*, con los que prescindirían no solo de la emisora de radio venezolana y del apuntador, sino hasta del banco mismo. Como la referencia será un periódico, todos podrán comprobar qué números han salido. Para no depender del banco, cada uno debe apostar cinco pesos al último dígito en la cifra de emigrados y cinco al último de las embarcaciones atracadas en Mariel. Si nadie acierta, nadie pierde; si alguno de los tres gana, los dos perdedores deben hacerle entrega de sus cinco pesos. Si dos apuestan a un mismo terminal y ganan, deberán compartir lo que haya apostado el perdedor. También ha sido previsor con los fines de semana: como el *Granma* no sale los domingos, las apuestas del sábado y el domingo se hacen contra las cifras en la edición del lunes. Un ingenioso sistema, se congratula.

—¡Ángel!

Pero mejor aún es la propuesta que le ha aceptado a su cuñado Perico de hacerse colector: el que cobra y paga a los apuntadores. Las condiciones para el ascenso son ideales, pues la red necesita a alguien para la zona entre Carraguao y El Canal, y el banco es precisamente el hermano de Mireya. Correrá un riesgo mayor, pero también será mayor el dinero, que estará garantizado gane quien gane y pierda quien pierda.

—¡Voy! —exclama al final, convencido de que ver a un amigo le levantará el ánimo.

Esto de hacerse colector no debe saberlo ni siquiera Migue. Al menos por ahora. Ya le contará más adelante, cuando esté bien afincado en el puesto. "En silencio ha tenido que ser, y como indirectamente, porque hay cosas que para lograrlas han de andar ocultas", se recuerda citando de memoria la frase de Martí popularizada por un serial televisivo sobre superhéroes de la Seguridad del Estado.

Precinto

Ángel, Chicho y Migue apuestan por primera vez a los números del *Granma* el martes 6 de mayo, día en que 3308 elementos antisociales abandonan el país y hay 1477 embarcaciones en el puerto de Mariel procedentes de Florida. Gana Migue en el número de emigrados, por lo que Ángel y Chicho tienen que desembolsar sus correspondientes cinco pesos. Ninguno acierta la cantidad de embarcaciones.

Miércoles 7: 4033 elementos antisociales, 1404 embarcaciones. Ni pierde ni gana nadie.

Jueves 8: gana Ángel con 3068 elementos.

Viernes 9: no gana, pero tampoco pierde.

Sábado 10: gana otra vez y compra unos chorizos a un viejo conocido que se los roba de El Miño.

Lunes 12: pierde.

Martes 13, día de mala suerte: debido a las inclemencias del tiempo, no puede salir ningún elemento antisocial rumbo a Estados Unidos. El *Granma* exalta el prestigio de la ruta e informa que 1275 embarcaciones permanecen en el puerto. Tras una discusión sobre las consecuencias de esta inesperada circunstancia para el funcionamiento de su tinglado, los tres amigos deciden anular las apuestas del día.

Miércoles 14: 4388, 1272. Ángel pierde.

Jueves 15: nadie gana y las apuestas se ven amenazadas por la orden del presidente Carter de que se suspendan los viajes de Florida a Mariel y que los barcos atracados en el puerto cubano regresen vacíos a Estados Unidos.

Ese jueves Ángel cae en la cuenta de que no tiene noticia de sus hijos desde hace alrededor de una semana. Le es imposible saber si han dejado sin pase a Eduardo por alguna travesura, pero al menos puede visitar a Emilia en su cuarto de la calle Zequeira para ver cómo lo lleva todo. Y hacia allá se dirige.

La incertidumbre y el temor a posibles represalias lo consumen aunque hasta ahora no haya percibido señales de que la gente sepa de su asilo. Teme que a Eduardo o a Emilia le pase lo mismo que a su vecino Juan, a quien expulsaron de su centro de trabajo y le dieron varios actos de repudio por el mero hecho de que su hermano se había asilado en la embajada. Para rematar, la policía visitó hace poco al pobre hombre para decirle que tenía que encontrar trabajo o le aplicaban la "ley del vago". ¡Pero si el único trabajo que hay es de cazador de cocodrilos en la ciénaga de Zapata! ¡Los basureros son de la seguridad del estado! ¿Qué empleo puede haber para Emilia, una profesora de literatura que no ejerce desde hace años por su matrimonio con un antiguo preso político?

A pesar de que la calle de su hija le parece tranquila, siente fijas en él unas miradas que inhiben, que paralizan. Las desafía entrando decididamente en el solar.

Aminora la marcha para recobrar el aliento tras la fatigosa caminata bajo un sol aún persistente pasadas las seis de la tarde. Avanza pausadamente hacia el fondo del pasillo, acompañado por el hedor de los baños a la entrada y del agua putrefacta de una jicotea en una palangana. Cuando llega al cuarto de Emilia y Pepe, se le eriza el vello de la nuca.

—¿Qué coño ha pasado aquí? —se pregunta en voz alta al ver la puerta precintada.

Mafuco

Las apuestas se reanudan el sábado 24 de mayo, después del viaje de Migue a Pinar del Río para forrajear algo de comida y de la puesta en marcha del negocito de Chicho de hacer sandalias con suelas de neumáticos y cuero robado de la fábrica de guantes de béisbol. Las cifras del día son 2088 emigrados y 566 embarcaciones. Ángel pierde por haber apostado al uno en las dos categorías, convencido de que saldría El *Number One*, El Caballo, El Fifo, Barbatruco, Patilla, omnipresente en carteles, discursos por radio y televisión, los comentarios de la gente a toda hora y los propios pensamientos de Ángel.

Unos días después, el *Granma* más o menos explica que en "Noticias de Mariel" del lunes 2 de junio hubo un error de información. Al cierre de la edición del martes, se detectó una discrepancia entre el número de embarcaciones que aún permanecían atracadas en el puerto y el reportado el día anterior, dada la cantidad que había salido con rumbo a Estados Unidos ese día.

Cada uno de los tres hombres se obstina en hacer su propia interpretación del texto y la polémica se acalora con sus argumentos.

—Caballeros, mejor dejarlo ahí —propone Migue—. Recogemos el dinero y como si no hubiera pasado nada. Únicamente a nosotros se nos ocurre fiarnos de *El Mentiroso*.

La propuesta es aprobada por unanimidad, Chicho dice que dedicará la noche a su negocio de sandalias y Ángel le explica a Migue cómo se puede apostar a las matrículas de los carros que pasan por la calle, como él solía hacer en Caibarién en sus años mozos. Los dos amigos pasan alrededor de quince minutos en la esquina de Infanta y Pedroso bebiendo de una botella de ron Decano hasta que llega Bienve, se da unos tragos con ellos y los invita a un enfori en el Parque La Normal.

—Mucha gente espera hacerse rica de la noche a la mañana con el juego —dice Ángel minutos más tarde, aprovechando que Bienve pregunta por los apuntadores en el barrio—. Otros se contentan con un pellizco de vez en cuando para no verse siempre entre los perdedores. A mí las peras del olmo me relajan más que un crucigrama.

—¿Peras del olmo? Cada loco con su tema —articula Migue como un ventrílocuo, esforzándose por no reír y que sin querer se le escape el humo del porro.

Con la sed que les provoca la marihuana, la botella no tarda un minuto en pasar de una boca a otra. En cuanto dan cuenta de ella, Bienve se ofrece para ir a Carraguao a buscar más hierba y a Ángel le toca traer el papel de estraza que necesitarán para torcer.

Poco más tarde, Ángel regresa trotando San Joaquín abajo con un trozo de cartucho de su cuota mensual de doce libras de arroz. Se siente como un niño que no quiere ir a dormir. El pavimento se desliza como una estera bajo sus pies mientras él corre aquí, salta allá y aguanta la respiración para evitar la peste del albañal que se derrama en el cruce con Estévez. Al llegar a Pedroso, vuelve a caminar pausadamente para no llegar sudado y con la lengua afuera.

Ya en el parque, con la segunda cachada que le da al pitillo, le entran náuseas y el espíritu juguetón se torna en una mezcla de indefensión y paranoia que le trepa por dentro. De pie frente a sus dos amigos despatarrados en el banco de piedra y hierro, mira en todas direcciones. Teme que se aparezca la policía, pero lo que viene a producirle un escalofrío es ver a unos escasos metros el lugar donde aquel día le tiraron del pelo y lo abofetearon. Presiente que le caerán encima decenas de guerreritos uniformados, al acecho detrás de los bancos y los árboles.

Por suerte, Bienve liquida lo que queda de la breva y se pone de pie casi de un salto. Migue lo imita y los tres echan a andar sin rumbo fijo. Cruzan San Joaquín, Infanta, y por

Amenidad llegan a 20 de mayo, que también cruzan para ir a parar a otro banco detrás del estadio de béisbol. Allí matan la modorra con una botella de alcohol de noventa grados mezclado con agua y café que Migue le compra a El Cojo en el cercano barrio de San Martín. El nuevo material se llama Mafuco. Huele a alcohol de reverbero y sabe a rayos, pero a Ángel el nombre le hace gracia. Walfarina, Huesoetigre, Chispaetrén... Las innumerables variantes habaneras de alcohol con agua llevan nombres sugerentes, pero ninguno le suena a Ángel tan bien como Mafuco.

—¡Ma-fu-co! Ajajajajaja...

Migue y Bienve quedan contagiados con la carcajada de Ángel. Los tres hombres se llevan las rodillas hasta el pecho, se mecen y se voltean como bebés sobre el banco de madera.

—¿Y esa risa, Mafuuuco?

—Ajajajaja. Mafuquín del bueno.

—Mafuquín. Waaajajajaja...

—Ayyyayayayyy, repiiinga. Mafucooo...

—Ay, cojones. ¡Qué risa!

—Waaajajajaja...

Ángel ha olvidado por un momento todas sus calamidades, pero el estómago le recuerda que ha quedado con Felo en llevarle las fotos que ha recibido de Emilia.

—¿Partimos otro litro? —sugiere Migue.

Ángel calcula que sean las ocho de la noche y se aconseja dejar las fotos para otro día.

El tanque

Poco después de las nueve de la noche, Ángel trae al apartamento de su cuñado Perico las listas de apuestas que ha recogido de los apuntadores en Carvajal, Agua Dulce y los edificios de Pastorita. Segundo día en esta nueva posición en el mundillo del juego ilícito y ya empieza a cogerle el golpe. Si las cosas siguen así de bien, calcula mientras sube las escaleras, podrá comprarle el Chevrolet 53 a Obdulio y se pondrá a botear pasajeros. De día, no de noche. Y no por toda La Habana, sino de la Terminal de Ómnibus directamente a Santiago de las Vegas por la Avenida Rancho Boyeros. A la vuelta solo recogerá a gente ligera de equipaje, pues traerá el maletero hasta el tope de comida, para él y para revender. Entonces sí que le entrará la pasta por un tubo.

Toca a la puerta y esta no tarda en abrirse unos centímetros.

—Entra —dice un hombre de unos veintitantos años—. Agente Chávez, del Departamento Técnico de Investigaciones.

El joven muestra y retira con gestos de ilusionista una acreditación de autoridad mientras Ángel traspasa el umbral. De la decena de personas en la sala-comedor del pequeño apartamento, tres parecen ser agentes del DTI en ropa de civil y el resto Ángel supone que sean colectores que, como él, han ido cayendo de mansas palomas.

—Sígueme —le dice el agente después de cachearlo.

Pasan al dormitorio contiguo.

—Coloca encima de la cama todas tus pertenencias.

Dada la diferencia de edad y el hecho de que el muchacho está de servicio, aunque vaya de paisano, ¿no debería tratarlo de usted? Es lo que se le ocurre a Ángel mientras el joven revisa minuciosamente la billetera y los zapatos.

—Ahora la ropa.

Cuando Ángel se separa de los pantalones, las listas atravesadas entre las dos piezas de la portañuela de su calzoncillo atlético permanecen perfectamente ocultas. Para evitar comprobarlo, desplaza la vista de la ventana a un búcaro de flores artificiales encima de la máquina de coser y de nuevo a la ventana.

—El calzoncillo también —ordena el agente mientras se agacha.

Ángel hace una pelota con la prenda y la lanza al bulto sobre la cama por encima de la cabeza inquisitiva.

—Date la vuelta contra el escaparate y abre las piernas.

Uno, dos, tres segundos de silencio.

—Ábrete las nalgas con las manos.

Más silencio.

—Vístete, que vamos para la sala con los demás.

—¿Puedo ir al baño un momento si ya hemos terminado con el cacheo? Es que me estoy meando.

—Ahí lo tienes. Deja la puerta abierta.

Ángel respira con alivio en el lavabo y se da a la tarea de orinar sin ganas. Aprovechando el ruido del goteo, rasga lentamente las listas y se lleva un puñado a la boca, pero una inoportuna constricción en la garganta le impide tragar. No puede arriesgarse a descargar una y otra vez hasta que los pedazos de papel desaparezcan por el desagüe, por lo que se deshace de ellos introduciéndolos en el estrecho espacio entre el tanque y la pared.

*****

Ángel es el último de los detenidos que queda por distribuir por diferentes unidades de la Policía Nacional Revolucionaria. Esposado y entre dos agentes en el asiento trasero de una furgoneta GAZ casi herméticamente cerrada, puede ver por el parabrisas que dejan atrás Palatino y van en dirección a Altahabana.

Finalmente se detienen en la Unidad Provincial de Operaciones Policiales de 100 y Aldabó, donde lo bajan, le quitan las esposas y lo conducen a una especie de recepción que sus acompañantes llaman "carpeta". Allí un oficial le pide el carnet de identidad, la billetera, el reloj, el cinto, los cordones de los zapatos y el contenido de los bolsillos para guardarlo todo en un sobre de papel Manila.

—Eres el 4-5-9-8-2. Apréndete de memoria este número, que a partir de ahora te llamarán por él —le dice el hombre mientras escribe el número en el sobre y en un papelito que le entrega—. ¿Algún familiar que pueda traerte jabón, toalla, cepillo y pasta de dientes?

—Mi hijo, pero está en el Servicio Militar —responde Ángel con desgano.

¿Cuánto tardará en salir de allí? Pensaba que le harían un par de preguntas y enseguida lo soltarían. Por el momento, a cambio del nombre completo de su hijo y los datos de la unidad militar que ha podido recordar, el oficial le entrega enrollada una especie de alfombra y le ordena que pase al compartimento contiguo, donde le toman las huellas dactilares, le hacen fotos y un nuevo registro corporal. En pelota picada debe hacer dos cuclillas, doblarse y volver a enseñar el culo. Entonces lo suben con las manos detrás por una amplia escalera en cuyo primer descanso hay rejas candadas y guardias armados hasta los dientes. A esa altura entran en un largo pasillo que huele a sudor y desesperanza. Por ambos lados del pasillo, cada tres metros o así, se suceden rejas con planchas metálicas, pestillo y candado.

—Métete detrás de ese muro —ladra uno de los dos guardias que lo acompañan—. Bien pegado al fondo. No salgas hasta que te avise.

Desde detrás del tabique de obra paralelo a la pared, Ángel oye resonar pasos, el ruido de un cerrojo, una puerta que se abre, un portazo metálico y más ruido de cerrojo.

—Ya puedes salir —le dicen.

—Las manos detrás —le recuerdan.

Al incorporarse nuevamente al pasillo, ve que donde hace esquina hay apostado un guardia e infiere que su función sea dirigir el tráfico de detenidos. En ese momento, sin mediar palabra, lo introducen en una de las celdas a la derecha.

Cuando la puerta se cierra con un aullido herrumbroso a sus espaldas, Ángel queda inmóvil, hundido en la penumbra y el hedor a humedad. Pasados unos segundos, en cuanto la vista comienza a adaptársele a la escasa iluminación, ve unas pequeñas piezas de ropa colgadas a la entrada, justo frente a su cara. Calzoncillos. Entonces distingue los ojos de un hombre. Negro. De unos cincuenta años y pómulos afilados. Lo único que se le ocurre es adentrarse dos pasos, extender la mano derecha y presentarse.

—Ángel.

—Paco. ¿Es la primera vez que caes en cana? ¿Dónde prefieres dormir? ¿Arriba o abajo?

—Arriba si no es un problema.

El hombre despeja uno de los dos camastros superiores. La especie de bandeja metálica colgante pivota sobre unas argollas empotradas en la pared y queda suspendida de esta última por dos cadenas.

—Tranquilo, que aquí cae cualquiera, lo mismo un gerente que un carnicero que el que arrolla a alguien —agrega el hombre antes de tomar la alfombrilla de debajo del brazo de Ángel y tenderla sobre el hierro pelado de dos metros de largo por apenas medio de ancho.

—Gracias, hermano.

—Esa alfombrita es tu colchón. Pórtate bien para que no te la quiten.

Ángel se tumba de espaldas sobre la fina capa y procura mantenerse inmóvil para evitar cualquier tipo de problema con el huesudo Paco. Su mirada deambula por el techo mientras su cerebro intenta encontrar un sentido a todo lo que está sucediendo. Auxiliándose de las manos cruzadas bajo la nuca, mueve la cabeza para inspeccionar la celda, de tres por dos metros como mucho, con los primeros cincuenta centímetros a la izquierda de la puerta, según se entra, ocupados por el hueco de una letrina y una llave de agua. La altura es de unos cuatro metros, tapiados del todo, excepto por una especie de respiradero bien alto que parece hacer ángulo dentro de la pared para permitir la entrada de luz y aire, pero no que se mire hacia afuera, incluso si un hombre se subiera a los hombros de otro. Además del respiradero, hay una pequeña rendija en medio de la puerta con el tamaño justo para una bandeja y un vaso. Ángel ya ha visto que la abertura tiene su propia puertecita con pestillo por fuera y espera poder confirmar pronto que se usa para pasar la comida.

El tal Paco parece bastante comunicativo. Según explica desde su propio camastro, el agua la ponen durante quince minutos tres veces al día y hay que ser rápido para aprovecharla si son más de dos los inquilinos. La luz la encienden cuando quieren los guardias, normalmente a las seis de la mañana y de la tarde. Paco habla con él porque es su compañero de celda, pero aquí Ángel no va a poder hablar con nadie más, excepto los guardias, que no dicen ni la hora.

—Otra cosa: a cada rato pasan lista. Abren la escotilla, gritan "recuento" y cada uno tiene que asomarse y decir su número.

Ángel se pregunta quién se va a fugar de allí, con tanta reja y tanto guardia.

Se ha hecho bien tarde, medianoche quizás, pero él aprovecha la buena disposición de su compañero de celda para seguir preguntando como un aprendiz todo lo que debería saber para sobrevivir. El maestro ofrece un par de detalles más, bosteza y se despide. Entonces, sin comer ni ducharse, sin jabón ni toalla ni papel higiénico ni pasta de dientes ni más ropa que la que lleva puesta, Ángel se reacomoda sobre su estera.

Tarda media noche en conciliar el sueño.

*****

Un furioso estrépito lo despierta. Apenas ha dormido por el hambre y los pensamientos arremolinados, para no mencionar el tubo fluorescente que, enrejado y detrás de un trozo de acrílico en un nicho propio encima de la puerta, brilla frente a su cara desde hace una hora.

—¿Qué es lo que pasa?

—No sé, pero esas son patadas en la puerta de un calabozo —responde Paco.

—¡Abran, que este hombre se quema! —escuchan gritar.

En el pasillo retumban pasos apresurados, ruidos metálicos, gritos de hombres alterados, un portazo y más pasos. Entonces regresa el silencio.

El desayuno de agua con azúcar y medio pan viejo no tarda en llegar. Y con él, el momento de los porqués. Empieza Ángel. Luego su compañero le cuenta que es barbero de profesión y que al parecer alguien en el barrio le hizo una denuncia por tráfico de marihuana. La policía se le apareció en la casa, un pastor alemán se encarnó en unas tijeras, las llevaron al laboratorio y comprobaron que con ellas se había picado el estupefaciente. Paco alegó que lo consumía, pero no lo traficaba.

*****

Con lo bien que estaban ellos dos solitos en la celda y ahora vienen a meterles a este mocoso. A Ángel le parece un energúmeno que lo único que hace es rascarse la cabeza y los huevos. Teme que traiga ladillas. Ya había dicho Paco justo dos días antes: "Menos mal que estamos solos porque, si nos ponen a uno de esos chamacos que vienen con su guapería y le faltan el respeto a uno, esto se puede poner malo y habrá que aplicárselas todas".

Las reflexiones de Ángel quedan interrumpidas por un grito a través de la escotilla:

—¡4-5-9-8-2!

—¡Presente!

—Vístete, que vengo a buscarte.

¿Tendrá visita? ¿Se podrá ir? No tiene ni idea de adónde lo llevarán, pero obedece de inmediato. Entonces el soldadito lo retiene en el minúsculo espacio entre la puerta metálica y el pasillo, le ordena que se ponga las manos detrás, le explica que no lo va a esposar y, acercándole el aliento a la mejilla, le susurra:

—Atiéndeme bien. Vamos a ver al instructor. Si le confirmas quiénes son los apuntadores y colectores que nosotros de todos modos tenemos fichados, enseguida estarás en la calle. Y si tienes más información, aquí se va a quedar en secreto. Pero recuerda lo que te estoy diciendo para que luego no te arrepientas: tu caso se puede complicar según lo que digan los demás, y ya algunos han hablado bastante.

Ángel hace un ademán de aquiescencia. Se alegra de ir al interrogatorio y adonde tenga que ir con tal de tomar aire fresco. Está más que tranquilo: no tienen pruebas contra él.

Entonces se repite la misma historia de los pasillos, incluidos el burladero de obra y el eco de pasos. Solo que esta vez bajan las escaleras en vez de subirlas y, después de coger un corredor por aquí, un corredor por acá, termina sentado en un cubículo con aire acondicionado frente al instructor del caso. El hombre tiene desplegadas unas fotos encima del escritorio y empieza a disparar preguntas sin preámbulos:

—¿Conoces a alguno de estos individuos? ¿Sabes algo de las apuntaciones que se hacen en El Canal o en otros barrios?

Algunas caras le resultan familiares, pero no sabe si son de gente que ha visto aquí y allá, en las guaguas y en las colas, durante los veinte años que lleva viviendo en el Cerro.

—No sé. Puede que haya visto a algunos de ellos por ahí, pero no los conozco. Ni ellos a mí. Seguro.

El instructor inclina ligeramente la cabeza hacia delante y cruza los brazos, como diciendo "OK, empecemos de nuevo".

—Hay una red que...

—Yo no tengo nada que ver con ninguna red —protesta Ángel.

El interrogatorio se extiende media hora. El instructor permanece calmado. Ocasionalmente sacude la cabeza en un gesto de incredulidad antes de enseñarle las mismas fotos y hacerle las mismas preguntas, una y otra vez. Ángel suelta mecánicamente las respuestas que ha estado ensayando día y noche. Su principal preocupación es que, después del calor en la celda, el aire acondicionado tan fuerte vaya a rajarle un pulmón.

—Queremos escuchar lo que tú sabes. Si lo que hiciste es un delito, entonces vas a pagar por él, pero por tu parte y no por lo que hayan hecho otros —insiste el hombre.

—Pero, agente, si la policía no tiene pruebas de quién apunta y quién no, ¿cómo voy a saberlo yo? Le juro que en mi vida he apuntado ni jugado a la bolita. Ese día sencillamente tuve la mala suerte de visitar a mi cuñado. Eso es todo lo que ha pasado aquí. Ustedes tienen los medios para confirmarlo. No les puedo decir nada más porque no me puedo inventar lo que no sé.

Cada día da las mismas respuestas a las mismas preguntas sin perder la cordura. No siente que lo machacan con lo que los otros han dicho sobre él, como sugirió el soldadito, quien quizás haya visto demasiadas películas americanas. Su filme sencillamente se repite una y otra vez. El mismo guión, los mismos diálogos, con un pequeño cambio en el reparto de vez en cuando: el instructor. Pero la película es básicamente la misma. Cada día.

*****

Al entrar en la celda, el rubio hace un gesto como si se persignara.

—¿De qué juego eres? —le pregunta Paco.

—Efí Embemoró.

—Yo, Otán Efó. Paco, de Regla.

76

—Felipe, de Colón.

Los dos hombres hacen unos curiosos movimientos con las manos, que Ángel interpreta como un saludo ritual. Serán abakuás de distintos juegos, supone por lo que ha aprendido sobre la sociedad secreta de boca de Paco. Con este cuarto residente tienen un lleno total y él está erizado. Cuenta con que no va a dormir esta noche, pues no sabe qué tipo de problema podría crearse en el minúsculo calabozo: si golpearán o violarán a alguien, y quién sería ese alguien. Para colmo de males, empieza a picarle la ingle.

*****

Ha recibido el inesperado anuncio de que tiene visita y esta vez lo conducen por pasillos subterráneos a una sala bien alejada de los calabozos, tanto que está convencido de que ha ido a parar a otro edificio. Hasta ahora el día se ha ido desarrollando bastante bien: después del desayuno se llevaron al chamaco de las ladillas y ahora recibe él esta grata noticia. ¿Quién puede haber venido a visitarlo si no es Eduardito?

Efectivamente: tiene quince minutos para conversar con su hijo en un sofá, frente a un oficial que lo observa y escucha todo. Eduardo ha traído un cortaúñas, la prensa de varios días, una toalla, un jabón y ropa limpia, y entra en materia sin rodeos. Ha averiguado quién es el fiscal que atiende el caso y el único que puede cambiar la medida de prisión preventiva por una fianza para que Ángel espere el juicio en la calle. Irá a verlo cuando atiende al público. Ya tiene amarrado en la unidad el pase para ese día. Mientras su padre hace uso del cortaúñas, el muchacho explica que el caso tiene tantos implicados que no hay quien se empate con el expediente: lo mismo está para Fiscalía que para allá que para acá. Por eso lo que pudo haber sido un encierro de horas se ha extendido semanas.

Tras la visita, vuelven a pasar a Ángel por Carpeta, donde le preguntan qué le han traído, abren y sacuden la toalla y la ropa, le advierten que no se puede pasar nada para leer ni escribir, le pinchan el jabón por dos sitios en un clavo que atraviesa una tabla y lo mandan de vuelta a la celda.

Allí siguen Paco y Felipe, jugando ahora a las damas sobre unas cuadrículas que han rayado en el metal de uno de los camastros inferiores. Como fichas usan filtros de cigarros: unos estrujados y los otros sin estrujar. Después de intercambiar un par de frases sobre la visita, Ángel se entretiene en palpar las piezas de ropa que le han traído, entre las cuales hay una camisa de Eduardo que conserva su olor corporal. No se la pondrá: la dejará dobladita para olerla cuando le vuelva a la garganta la agria melancolía.

Mientras los abakuás se centran en su partida, Ángel hace cábalas sobre lo que pasará con él. Atrás han quedado aquellos pensamientos halagüeños sobre cómo gastar el dinero aún por ganar. El cuento de la lechera, que siempre termina mal. Debería saberlo, se recrimina, amargado por un mal momento en un pasado remoto. ¿Cuántas semanas lleva ya en el tanque? ¿Tres? Empieza a perder la noción del tiempo, que lo está devorando como un viejo mudo desde las sombras y el tedio. No tiene modo de distinguir entre un lunes y un sábado. Cualquiera parece una eternidad. Son días de perro, que hacen envejecer y que pesan sobre las costillas. Un día en el tanque se alarga lo que cinco o siete afuera, por usar algún número. ¿Qué estará sucediendo afuera mientras dura su encierro? La vida más allá de 100 y Aldabó se le antoja su propio funeral, al que los amigos no asisten. Solo Eduardito se ha acercado para consolarlo y ayudarlo. Su hijo. Su sangre.

Y de nuevo a la rueda del pensamiento y la culpa, al paso tajante e implacable, pero insoportablemente lento, de los segundos.

*****

Un nuevo día se inicia con este número que no se le olvidará por muchos años que viva.

—¡4-5-9-8-2!

—Presente.

—Vístete y recógelo todo, que te vas.

¿Se va? ¿Para la casa? ¿Para Valle Grande, la prisión con detenidos sin juzgar, donde podría podrirse? Recoge y se despide apresuradamente de los compañeros de celda. Les ha cogido afecto por su moderación y respeto. Sobre todo a Paco, sin cuya charla tal vez habría perdido la razón.

Hacia las ocho de la mañana, mientras espera sentado en un banco a un costado de donde tienen sus pertenencias, lo llaman por su número una vez más.

—Quedas en libertad condicional a la espera de juicio. Cuando te citen, acudes con el comprobante de la fianza que haya dado el banco y te devolverán el dinero. Si caes en una unidad de policía por algo y sale que estás libre bajo fianza, se te vuelve a aplicar la prisión preventiva. Así que, para evitar problemas, te recomiendo que no vayas a lugares con aglomeraciones de gente. No puedes abandonar la provincia. Si necesitamos hacerte alguna pregunta como parte de la investigación, te citamos y tienes que estar disponible. ¿Entendido?

—Entendido.

Le entregan sus cosas y lo llevan hasta la puerta principal del edificio.

—Coge por ese camino y ya verás la calle —le dice un último guardia, señalando hacia una cerca.

Ángel obedece sin hacer preguntas y echa a andar por el corredor cercado que bordea un área para automóviles. Se toca la barba de varios días e intenta convencerse de que el mes en el enorme búnker a sus espaldas no ha sido más que una pesadilla. Al no ver la salida después de haber recorrido unos cincuenta metros, acelera el paso.

—¡Papi! —le gritan del otro lado de la cerca.

—¡Coño, chama!

*****

Ángel era la única persona en el caso que no tenía antecedentes penales y contra la que no había pruebas, estaba vinculado laboralmente en un puesto clave para la producción y era el sostén del núcleo familiar. Tras escuchar estos argumentos de Eduardo, el fiscal concedió aquella misma semana el cambio de medida. El muchacho pagó la fianza con dos mil pesos que consiguió con unos amigos suyos y Migue.

Le tocaba a Ángel averiguar en qué había terminado todo en El Canal, por lo que, nada más salir de 100 y Aldabó, se dirigió sin su hijo a ese barrio en vez de a casa. Pero lo único que pudo sacarle en limpio a su cuñada, además de que Perico estaba detenido e incomunicado, fue: "Yo oí que tocaban a la puerta y, cuando me asomé por la ventana, vi a un tipo que me pareció sospechoso; enseguida corrí y metí las listas en la olla de presión".

En la calle vuelve a llegarle el mismo olor indescifrable que notó dentro del apartamento. ¿Es del maldito barrio, lo trae él de la cárcel o será el tufo de su propia fatalidad? No hace falta que le digan que quedará bajo vigilancia policial. Seguro que ya saben de su detención la policía, el comité, el sindicato y el partido en el taller, donde quizás ya no cuenten con él. También podría ser la peste de la traición. Esta vez Perico queda bien guardado o es informante de la policía, el muy cabrón. A Ángel Ribot no pueden venirle con cuentos chinos de ollas de presión, y mucho menos a la docena que trincaron. Si Perico sale en libertad, más le vale desaparecer de La Habana y de Cuba entera porque lo irán a buscar dondequiera que se meta. Claro que lo mismo podrían pensar de él: que es un chivatón y un informante, pues nada más entrar en la red ha hecho que salgan por el techo varias de sus piezas clave. Pero lo tiene sin cuidado la opinión que pueda merecerles a un puñado de sanguijuelas y ludópatas. ¿No lo tilda de escoria y antisocial otro montón de gente? En cualquier caso, mientras atraviesa el barrio bajo la mirada áspera de gente fiera a la entrada de los solares y en cada esquina, el pecho le vibra con la emoción de verse anclado en el fundamento mismo de la interacción social en la isla: la desconfianza. Yo sospecho que tú eres del aparato, tú sospechas que yo lo soy, todos sospechamos lo mismo de los demás y así la vida sigue su curso con contención y mesura, como quieren arriba.

Con su nuevo sambenito a cuestas, abre y tensa instintivamente las manos a la vez que alarga los movimientos de los brazos con que acompaña cada paso. Si se le antojara, podría cantar en alta voz:

Tú no juegues conmigo
Que yo como candela

Ruta 61

Al ver que en la parada de La Esquina de Tejas pretenden subir más pasajeros de los que probablemente desciendan, el chofer decide detener el autobús decenas de metros más adelante para que bajen los que tengan que bajar y no suba nadie. Lo malo es que casi todo el mundo conoce el truco, de modo que muchos se han colocado antes o después de la parada. También los hay que corren raudos y se pegan como ventosas al costado del vehículo en movimiento.

Tales peripecias forman parte de la aventura diaria de desplazarse de un lado a otro de La Habana y es de dominio público que la culpa la tiene el bloqueo yanqui, va diciéndose Eduardo, colgado por fuera, mientras observa de pasada los portales de puntal alto en las antiguas quintas en la Calzada del Cerro. Atrás han quedado los tres kilómetros de soportales neoclásicos y fachadas ennegrecidas de Monte.

La parada del estadio Latinoamericano se hace en la esquina con Cruz del Padre. Los pasajeros que no han podido avanzar hasta la torre metálica de la alcancía deben bajar para dejar salir a otros. Un cachorro de pastor alemán que intenta perseguir por la puerta delantera y hacia afuera a una treintañera achinada casi se estrella contra las piernas de Eduardo, pero sufre la resistencia del amo en el otro extremo de la cadena. ¡Menudo susto! Como si no tuviera suficiente con ir atento a las patrullas de prevención y, por si acaso, también a los oficiales. Tiene presente que, si lo pillan fugado, pueden caerle veinticuatro horas de calabozo con otras setenta y dos de recargo de servicio. Lleva la cabeza pelada a máquina y el uniforme verde olivo de recluta, por lo que no quiere recorrer media Habana colgado de una guagua ni bajarse a la acera en cada parada.

Precisamente para no ir colgado por fuera esperó más de una hora en el origen de la ruta, sentado sobre el muro de piedras del antiguo Teatro Martí, con la espalda contra la valla de forja y el cuello torcido para entretenerse mirando los gatos callejeros en el edificio en ruinas. Desafortunadamente, cuando se le ocurrió ir a comprar algo de comer al quiosco del cine Payret a unos cien metros de la parada, y echó a caminar mirando hacia atrás cada dos por tres no fuera a llegar la guagua, apareció esta y él tuvo que regresar a la carrera para terminar montando entre los últimos.

Por eso ahora, en vez de esperar pacientemente en la acera a que baje todo el que quiera, decide subir por la puerta del medio, el doble de ancha. Solo que el autobús acaba de ponerse en movimiento y él tiene que dar media vuelta, echar a correr, engancharse con la mano izquierda a una de las hojas, con la derecha a la junta de la ventanilla contigua, y saltar para poner un pie en el estribo. Enseguida lo empujan hacia adentro los hombres que van haciendo más o menos lo mismo detrás de él. Queda inmóvil en el borde del escalón superior, con solo las puntas de los pies afirmadas, pero al menos ya no es el último colgado por fuera.

Va imaginándose el desfile de cisnes y serpientes de hierro fundido en la balaustrada de la fábrica de ron Bocoy por el costado izquierdo cuando oye al chofer discutir con alguien. El autobús se detiene de improviso y los pasajeros sufren el freno de emergencia nada más pasar la curva del asilo de Santovenia. Eduardo cree por un momento que va a producirse una bronca, pero el chofer sencillamente anuncia que combinará allí las paradas de La Covadonga y El Jurídico, tras lo cual abre las tres puertas y grita:

—¡Felicia, bájate aquí *paquecómprelpán*!

—Voy a *peddél* el asiento.

El chofer niega con la cabeza, se enjuga el sudor de la cara con un pañuelo rojo y salta a la calle con sorprendente agilidad.

—¡Qué calor, Dios mío!

—Esto es una olla. ¿Dónde está el guagüero, por tu madre?

El calor y la humedad dentro del vehículo parecen aumentar por segundo. Eduardo se consuela al pensar que le va quedando menos para librarse del detestable uniforme. Qué haría después del Servicio Militar había sido una incógnita hasta hace poco. Siempre había querido ir a la universidad como su hermana, pero no podía imaginarse que fuera posible porque había quedado fuera del sistema educativo y cuando terminara el verde tendría la misma edad que muchos estudiantes al licenciarse. La solución le cayó como maná del cielo en forma de una disposición del Ministro de las Fuerzas Armadas Revolucionarias: la llamada Orden 18, que pronto abriría las puertas de la Universidad a los jóvenes con estudios preuniversitarios y el Servicio Militar cumplido.

Los pensamientos y la vista se le han perdido entre divagaciones, proyectos y cuellos sudorosos. Entonces un golpe seco contra el suelo lo lleva a una trenza de pelo negro, una frente femenina despejada y la mano que levanta del suelo un libro de tapa dura. Cuando la joven se incorpora, también le descubre unos huidizos ojos verdes.

Eduardo vuelve a recrearse en el pasado, en lo que no fue. Ya le habría gustado cursar Letras clásicas o Historia del arte. Descartó Periodismo en cuanto asomó como posibilidad porque bastante restringido tenía ya el acceso a información de todo tipo como para sufrir la censura diaria del gobierno si un día tuviera que servirle de portavoz. Se negaba a ser un hilo conductor más en el circuito cerrado de la propaganda oficial. En fin, que tenía el índice académico que exigían para las otras dos carreras, pero quedó excluido del escalafón integral para el acceso a la universidad en aquella reunión en que los compañeros de clase aplicaron a su conveniencia el eslogan de moda: "La universidad es para los revolucionarios".

Amodorrado por el sopor del mediodía, hace memoria de cómo ha llegado hasta la situación en que se encuentra. Lo desahoga evadirse del presente aunque no sea para trasladarse a una probable incorporación a la universidad, sino a un pasado tan opresivo como el presente. ¿De qué "escuela al campo" fue que lo expulsaron? ¿De la de décimo o la de onceno grado?

Su primera indisciplina fue dar un miniconcierto de rock durante la actividad de "Recreación". Con escobas como guitarras, melenas de toallas y la batería que montaron con una maleta de madera y un jarro de aluminio, tres compañeros de brigada y él tocaron *Inside Looking Out*. A los aplausos y las peticiones de un bis provenientes de cuatro gatos roqueros siguió *Satisfaction*. Ninguno de los dos números estaba programado, por lo que el rapapolvo no se hizo esperar: limpieza de letrinas toda una semana después de la jornada laboral rutinaria en el platanal.

La segunda y más grave fechoría se supone que haya sido juego prohibido y uso indebido de medicamentos. En realidad, Nora Ferro, la temible profesora de Español, solo lo había sorprendido en horario de trabajo dentro del albergue, jugando a las cartas con el Wicho mientras Sergito gritaba "¡Las cargas!" y lanzaba sobre una litera las aspirinas que le habían dado en Enfermería para una fingida migraña. El tribunal disciplinario —compuesto por Caridad, directora del campamento, Benigno "El Químico", y Salvador, profesor de Marxismo y secretario del comité de base del Partido, con la participación de representantes de la Unión de Jóvenes Comunistas y la Federación Estudiantil de la Enseñanza Media— decidió expulsarlos.

Además de las voces duras y las miradas de desprecio de los acusadores, conserva entre sus recuerdos otra secuencia de imágenes: el viaje por el terraplén con Salvador y, al llegar a la terminal de autobuses interprovinciales, la orden perentoria de bajar con prisa del carro y no regresar al campamento. Se sintió como un perro abandonado en medio de una carretera.

Aquellos incidentes salieron a relucir un par de años más tarde en la dichosa reunión donde los estudiantes se evaluaban los unos a los otros a fin de crear un escalafón integral para el acceso a las carreras universitarias. Eduardo no pudo asistir porque estaba en cama, indispuesto, con fiebre y diarrea aguda. Dos días después se enteró de los términos condenatorios de la joven que había representado a la UJC en el tribunal disciplinario de aquella escuela al campo. Según le refirieron, Katiuska juzgaba que tanto él como sus "cómplices" habían salido bastante bien parados de la expulsión gracias a que ella personalmente había intercedido para que los hechos no se reflejaran en sus expedientes y para que el cargo inicial de "abuso de drogas" se quedara en el eufemístico "uso indebido de medicamentos". Pero todo el plantel ya estaba harto de tanta indisciplina e inmadurez. Ni qué decir del diversionismo ideológico. Para más inri, Eduardo Ribot, recordó oportunamente Katiuska, no se había dignado a asistir a tan importante reunión, lo cual demostraba su apatía y desprecio por la educación superior.

Se está asando, lleva la camisa del uniforme empapada en sudor y no ve a la estudiante en el bosque de brazos. Pero sí que ve un claro hacia el fondo. Con la esperanza de encontrar un asiento, se hace camino entre los pasajeros petrificados hasta llegar al espacio vacío alrededor de un hombre de unos treinta años, descalzo y que no se sabe si le habla al libro que hojea o a sus propias muecas. El autobús se pone entonces en movimiento y Eduardo casi cae sobre el hombre. De pie a su lado, procura leer del libro: "la energía de un fluido ideal, sin viscosidad ni rozamiento, en régimen de circulación por un conducto cerrado, permanece constante a lo largo del recorrido del fluido". Al notar la intrusión, el desquiciado pasa rápido las páginas una tras otra. A Eduardo no le queda otro remedio que abandonar la lectura y mirar hacia fuera. Huele como si fuera a llover, a pesar de que el sol relumbra en la vertical del cielo.

—¡Chofer, la parada! —grita una mujer mientras el autobús hace un prolongado giro a toda velocidad en la curva de la pizzería y el cine.

—Señora, esta es la 61. No para en el Maravillas —explica un anciano de refinados modales.

—¿Hasta dónde me va a llevar entonces?

—Hasta las Católicas Cubanas, si es que quiere parar.

Sin aminorar la marcha, el autobús pasa de largo por delante de la siguiente parada. Entre los gritos, un borracho balbucea y pisa sin querer a varios pasajeros. Surgen risas y un cuchicheo a su alrededor.

—Respeten para que los respeten —levanta la voz el hombre—. Miembro del Pelotón suicida de la Columna Ocho fui yo. Con El Vaquerito. Un respeto, ¿eh?, que aquí nadie sabe quién es quién, de dónde viene ni adónde va. Y ojo con los carteristas, que están haciendo zafra.

Tocándose bolsillos y bolsos, todos se alejan tanto como pueden del antiguo combatiente del Ejército Rebelde.

—Oigan bien —se le oye decir al chofer—. Cerro y Boyeros aquí. No voy a dar chances ni en la parada ni en el semáforo ni después. La que viene es 26, así que aprovechen.

Eduardo sigue el consejo del chofer y aprovecha la marea de gente para seguir avanzando hacia el fondo. Las doce y media en el único reloj de pulsera a la vista y tremendas ganas de quitarse el uniforme. Le tocaría bajarse allí, pero no están ni siquiera en Calzada del Cerro y Primelles. Mejor se baja en 26 y hace el cambio que necesita en la Ciudad Deportiva. Al levantar la cabeza para respirar mejor, descubre la mirada de la estudiante, que viene hacia al fondo. Calcula que, en vez de coger otra guagua en la Ciudad Deportiva hasta Fontanar y luego recorrer en la 50 todo El Chico y El Wajay antes de llegar a El Cano, podría seguir en esta 61 hasta Marianao y pillar allí la 50. Más arriesgado porque en Marianao habrá patrullas de prevención y boinas rojas en busca de reclutas fugados, pero él necesita aquellos ojos verdes.

El chofer ha dejado el autobús detenido, pero con el motor en marcha, para bajarse y tocar a la puerta de una casa. Como no le abren, salta el muro lateral del portal hacia un solar yermo casi cubierto de escombros, le quita el bate a un niño que juega a la pelota con un amiguito y le pide a este último que le lance una, rápido.

—Una sola, dale, que tengo la guagua *pará*. *Déjatepesadé*.

El niño que se ha visto obligado a hacer de receptor canta *strike*.

—Otra, pero tira bien. Ven por el centro.

—Segundo *strike*.

—Otra y ya. Otra y me voy, en serio.

—¡*Strike*! ¡Ponchado! Vete echando.

—La última. Pero tira bien, cojones.

—¡Ponchado! *Déjatepesadé* y dame el bate —ruega el receptor—. ¡Sal de ahí, viejo! ¡Maaamiii!

Mientras el autobús continúa rumoreando estacionado, la madre sale con café para el chofer, el hijo recoge su bate y el juego se reanuda.

—¿Tú no sabes que en una guagua no se puede fumar? —regaña a un adolescente un hombre en camisa gris de mangas largas manchada de pintura.

—¿Quién dice eso?

—¿Quién? Lo digo yo, chico. Dame acá.

En cuestión de segundos, el hombre le quita de la boca el cigarro encendido, que arroja por la ventanilla justo cuando el autobús se pone en marcha.

—Te vas a bajar en la parada a quitarme este otro que voy a encender, ¿no? —fanfarronea el muchacho mientras se saca una caja estrujada del bolsillo trasero de los pantalones.

—Si lo enciendes, el que te lo va a hacer tragar soy yo —salta ahora un mulato corpulento de unos cuarenta años.

Al joven lo acompañan tres más que llevan rato colgándose de las ventanillas o entrando y saliendo por ellas. Gracias al desplazamiento de pasajeros temerosos de que se cree una bronca tumultuaria, Eduardo se encuentra de sopetón con la nariz y la barbilla perfectamente moldeadas de la estudiante, que apoya contra el pecho de él una mano mientras apenas sostiene los libros con la otra.

—Dale para atrás si puedes, que aquí se va a armar —manda ella, en un tono entre asustado y desesperado.

Eduardo retrocede lo que puede, pero con la misma rapidez con que cayeron tan cerca el uno del otro quedan compartimentados por un rollizo cuerpo de señora.

—¡26 y 51 aquí! ¿*Quépásallátrá*? —grita el chofer, que detiene el autobús y abre las puertas justo antes de las líneas ferroviarias.

Los muchachones se bajan en un santiamén y se alejan profiriendo insultos.

—Sigue, que el problema eran unos chamas impertinentes y los bajé —responde el mulato.

—Ya me encargo yo de que no vuelvan a montarse —agrega el borracho.

—Un momentico, que me bajo en esta —se antoja una mujer con un bolso enorme.

Nada más arrancar el autobús, Eduardo siente que le tocan el hombro derecho. Al girar la cabeza hacia el fondo, ve que se trata de unas monedas: alguien que ha montado por atrás quiere que pasen su pasaje hasta la alcancía. Él levanta el brazo derecho, coge el dinero, se estira y toca el hombro de la estudiante tras contemplar un instante su cabello negro, brillante, que deja ver una blanca nuca. En ese momento, un giro brusco lo hace perder el equilibrio. Por suerte lo sujetan otros cuerpos y puede entregarle el menudo a otro pasajero. Pasada la curva, se flexiona lo justo para sacar la cabeza por delante de la abultada señora a su lado, que emana un acre olor a leche de magnesia con alcohol. Espera en esa posición, convencido de que verá a la muchacha en unos segundos porque lo estará buscando por detrás, pero ella no vuelve a aparecer. Para convertir en juego el desatino, empieza a mover la cabeza alternativamente hacia delante y hacia atrás, con la consiguiente oscilación de su región glútea como un péndulo ingrávido, justo cuando el autobús entra en la curva cerrada de la gasolinera de Puentes Grandes.

—A ver si nos agarramos, que aquí hay personas mayores y niños, y todo el mundo va bien sujetadito.

Entonces revienta un impetuoso aguacero. El agua llega por todos lados, como si lloviera más dentro del ómnibus que fuera. Los pasajeros chocan unos con otros al intentar esquivarla. Dos señoras gritan mientras se cambian de sitio y un joven se cuelga de la agarradera de una escotilla en el techo para traerla hacia abajo. Al frenar el autobús, dos goteras de agua fría vienen a convergir en un chorro sobre el cogote de Eduardo, que pega un brinco justo al advertir que su muchacha se baja. Entonces empuja para hacerse camino en el mar de cuerpos, salta hacia afuera, da un traspié con la puerta que se cierra, y poco falta para que deje los sesos en un escalón que inexplicablemente se eleva casi un metro sobre la acera.

La mayoría de los que han bajado corren loma arriba por una calle que hace ángulo agudo con la calzada. Otros cruzan esta calle para pasar a una bodega. Eduardo no ve a la muchacha por ningún sitio, pero no tarda en descubrir que en la lechería donde se ha refugiado están vendiendo quesitos crema sin pedir la libreta de racionamiento. Compra cuatro, se zampa dos y deja sus envoltorios sobre unas cajas de pino y bagazo apiladas.

Bajo el dintel, mientras observa la lluvia y se limpia la boca con el pañuelo que Ángel le regaló por su cumpleaños, decide cruzar la calle hacia la bodega a ver si allí se puede agenciar algo de pan.

Después de vencer unos escalones altos como muros y largos como gradas, descubre que la bodega está cerrada y que la gente en el portal está tan apiñada como en la lechería o la guagua. Pero al menos aquí puede respirar aire fresco. Un decir lo del aire fresco, pues junto con la lluvia corre loma abajo hacia la calzada el agua maloliente de una fosa desbordada.

—Disculpa —dice una voz femenina a su lado justo cuando él chasquea la lengua con disgusto—. ¿Tienes algo con lo que pueda limpiarme la mano?

Al levantar la vista, Eduardo se encuentra con el rostro ovalado de la estudiante, quien parece haberse ensuciado la mano derecha con grasa.

—Cómo no —responde solícito mientras guarda los quesitos en un bolsillo de la camisa y saca de nuevo el pañuelo.

—Ay, está tan limpiecito que me da pena ensuciarlo —comenta ella con un gracioso mohín.

—No te preocupes, que para eso está. A ver…

Eduardo toma la mano de la muchacha.

—¡Mmm! —agrega nada más empezar a frotar.

—¿Por qué dices "Mmm"?

—Por nada. Cosas que pasan por mi cabeza. ¿Cómo te llamas?

—Beatriz. ¿Y tú?

—Eduardo.

—Bueno, Eduardo, ¿por qué dijiste "Mmm"?

Él improvisa.

—Después de todo, lo que sucede conviene. Quiero decir que, por haberte ensuciado la mano, ahora se pueden ver bien la longitud y la anchura de sus líneas. ¿Ves esta de aquí, por ejemplo?

Beatriz sonríe.

—Yo no creo en esas cosas, pero sí que veo la línea. ¿Y? ¿Qué tiene de especial esa en concreto?

—Nada malo, puedes estar segura.

—Me tienes intrigada. ¿De verdad que sabes leer las manos?

—¿Por qué te sorprende? Mucha educación para todos, pero el país solo cuenta con un puñado de quirománticos semianalfabetos. Una vergüenza. Créeme que somos pocos los enterados, si me perdonas la falta de modestia.

—Muy gracioso. —La muchacha señala entonces en dirección a la fábrica de cerveza La Tropical y al Bosque de La Habana—. ¿Estás en la unidad militar de acá atrás?

—Ojalá. La mía está en El Cano, a una hora en guagua de aquí. Venía a ver a un amigo en La Ceiba, pero decidí bajarme antes para salir de ese infierno de guagua y comprar algo de comida. No tengo apuro y sigue lloviendo, así que, si quieres, te digo lo que veo, que es bastante interesante.

—Pues, como dices que todo lo que has visto es bueno, ahora me pica la curiosidad. Si ves algo malo, no me lo digas, que no quiero saberlo.

Beatriz ofrece la mano.

—A ver. Déjame limpiar un poco más.

La muchacha suelta una risa de buena gana y se lleva a los labios la mano libre.

—¡Me estás haciendo cosquillas!

—Respira profundo y aguanta. ¿Lista?

—Dale —dice ella con los ojos cerrados y apretándole ligeramente el antebrazo.

Arrastrado por este nuevo contacto físico que parece disolver todo recelo, Eduardo desliza el pañuelo casi en una caricia.

—¿Y ahora? —parecen preguntarle los arcos de las cejas entresacadas sobre la intensa mirada.

Él quiere cubrir de besos la hermosa cara de mujer, pero en su lugar dice:

—Lo que veo no me desagrada, la verdad. Tu línea de la vida es larga y profunda. No indica los años que vas a vivir, sino tu salud y vitalidad, ¿lo sabes? Ahora supongo que te interesará saber lo que dice la línea del corazón.

Ella asiente con una sonrisa y él afloja las riendas de la imaginación. Sus palabras vuelven a obtener la misma atractiva sonrisa, que lo hace vibrar.

—Ahora me estás tomando el pelo.

—Te estoy diciendo lo que veo, ni más ni menos. Es posible que me equivoque, pero la culpa es tuya: con esos brotes de risa no puedo concentrarme. También te confieso que tengo un hambre que no me deja ver. Perdona que pase de pronto a un tema tan pedestre. No quiero aburrirte.

—No me aburres para nada. De hecho, creo que te has ganado un vaso de malta y una empanada.

—¿Dónde es eso? La que se burla ahora eres tú. Hace años que no tomo malta.

—Aquí al doblar. Si no hay malta, en mi casa todavía me queda, que compré ayer. El caso es que ha escampado y aquí no hacemos nada. No sé tú, pero yo tengo un millón de cosas que hacer, empezando por un trabajo de curso que me tiene al borde del desespero.

Eduardo recuerda que debe regresar a la unidad, pero tiene tiempo de sobra. Cuanto más tarde y a oscuras llegue, mejor.

—¿Qué estudias?

—Economía. No sé por qué no le pagué a alguien para que me mecanografiara el trabajo.

—Si quieres, te puedo prestar mi máquina de escribir. No la estoy usando porque, como ves, estoy en el verde.

—¿En serio que tienes máquina de escribir? Seguro que también sabes mecanografiar. ¡El hombre orquesta!

*****

La niña en la foto bajo el cristal de la mesita de noche sonríe a la cámara. Brilla con el candor de la inocencia y su sonrisa muestra un asomo de la picardía con que diez años más tarde mira a Eduardo por el espejo de la cómoda mientras se acaricia el pelo con la hebilla de hueso entre los dientes.

La habitación huele a ozono y fluidos corporales; también a tabaco, malta y empanadas. Aún empapado en sudor y derrotado por el éxtasis, Eduardo recrea la vista en la redondez de las nalgas de Beatriz, en las curvas de su cintura y los senos turgentes que aún no se insinúan en la fotografía. Lo volvieron loco hace unos minutos y lo enloquecerán de nuevo en nada. Por el momento recuerda con la cabeza sobre la almohada y una sonrisa en los labios la frase de un amigo: "es fácil venirse, lo difícil es irse". Está en total desacuerdo: podría quedarse encerrado allí con Beatriz hasta el fin de la eternidad.

El tintineo de la lluvia sobre la plancha de zinc de la ventana se le antoja la banda sonora ideal para el roce con la tersa piel de la muchacha, que se ha echado a su lado para besarlo. Al percibir la dulzura de sus labios, a Eduardo no se le ocurre mejor imagen del paraíso. Y arrincona en cuanto asoma la idea de regresar a la infernal unidad militar.

Gilbert y King

—No creo que te haya contado esto antes, Isa, pero es importante que lo sepas. La vieja me parió en la casa de Caibarién, en el cuarto donde el viejo guardaba las viandas, las herramientas y cuanta mierda tenía. Éramos gemelos, pero el otro bebé resultó ser una cosa extraña, dicen que con la cabeza grandísima y patas de cangrejo. Por lo que he oído, fue lo primero que salió, se mandó a correr por el suelo de tierra y se perdió por unos corrales de puercos que teníamos detrás de la zanja y de la mata de guayabas.

Isabel no se inmuta con la historia que su marido continúa contándole.

—El viejo lo espantaba a pedradas todos los días, pero volvía a aparecerse cuando les echábamos la comida a los perros, que una vez casi lo mataron a mordidas. Los muchachos de mi edad me fastidiaban con aquella historia, pero, desde que le partí una ceja y dos dientes a Barreto, ningún cabroncito me volvió a decir nada.

La mujer no se pone de pie para ir a la cocina a atender el café que cuela en la manga de muselina. Tampoco se levanta el seno con el antebrazo, esa manía que tanto disgusta a Felo. Sencillamente lo mira, inmóvil y sin decir esta boca es mía. ¿Valdrá la pena que le dé más detalles sobre cómo se enredó con aquello en la tendedera y cayeron juntos al suelo? ¿Y que soltando machetazos aquí y allá fue que llegó a engancharlo en la zanja? Seguía arrastrándose, el muy cabrón, hasta que lo liquidó con el aguijón de la vara para los bueyes, que descansaba contra uno de los corrales.

Al sonar el reloj en la mesita de noche, los ojos de Felo intentan abrirse, pero enseguida los hiere la claridad que se filtra por la ventana. Él da media vuelta en la cama, estira un brazo y, esta vez con un solo ojo semiabierto, desactiva la alarma. Se admira al comprobar que ya son las seis y recuerda que hoy martes, 14 de septiembre de 1988, le espera una larga jornada.

*****

Felo ve venir un camión por la calzada. No es el de Gonzalo. Se pasea de un lado para otro sin alejarse mucho de la esquina. Lleva los documentos para dejar bien amarrado el asunto del almuerzo de la brigada. Ayer se pasó con la bebida y ahora le duele hasta el alma. Ya no está para estos trotes, sobre todo entre semana. Recuerda que aún quedan varias planchas de fibrocemento por poner en la especie de barracón que llaman "módulo". Se supone que hoy llegue la piedra molida. Podría aprovechar que van los voluntarios para tirar la placa de lo que serán los baños y echar la zapata de la nueva sala de cuidados intensivos. Por fin han llegado las planchas de madera que les ahorrarán dar el fino al acabado de los techos, pero los problemas con los suministros no terminan: faltan los cables, las pizarras eléctricas, los azulejos... Ahora resulta que desde la empresa no pueden mandar operarios graniteros por una razón tan absurda como la que le dio hace poco aquella albina en una pizzería para no despacharle una cerveza: las botellas se dividían entre los dos dependientes y el que terminaba con las suyas no podía vender las del otro. El hecho es que el proyecto de ampliación del hospital ya lo han modificado varias veces y él como jefe de brigada no sabe aún si la carpintería va a ser de aluminio o de madera, aunque ya esto le importa un carajo. ¡Pero, eso sí, hoy vienen igualmente a fastidiar los del Partido del Municipio!

Otro camión. Tampoco.

El fin de semana se le ha ido volando, en casa no ha puesto el fregadero nuevo ni las ventanas que hace tiempo está por poner, y el maldito ciclón se acerca. Ha atravesado Jamaica y Gran Caimán, y se dirige hacia la costa sur de Cuba.

Ahí viene por fin.

—Buenas, jefe —le dice Lázaro desde el lado derecho de la cabina.

—¿Cómo va la cosa? —le pregunta Gonzalo, al volante.

—Aquí me ven —responde deprisa antes de subir a la cama del camión y golpear con los nudillos el techo de la cabina—. ¡Dale!

Se aferra al hierro herrumbroso y frío. El tiempo sigue huracanado y las calles, desiertas. Ya lo han dicho en el parte meteorológico: las condiciones atmosféricas seguirán deteriorándose a medida que Gilbert se acerque a la isla.

Al pasar por una pila de escombros y trastos en Reina y Rayo, destellan en la memoria de Felo el fibroma, la manga para colar el café e Isabel, la persona que más quiere en este mundo y que lo trata con paciencia hasta en los sueños más desconcertantes. Entonces cae en la cuenta de que se le olvidó ir al banco de sangre ayer, cuando pudo haber salido temprano porque se quedaron sin arena. Hoy no puede sacarse sangre por el alcohol que ingirió ayer. Además de que no tendrá tiempo. Mañana sin falta, a primera hora, antes de ir al Municipio, se dice. No puede pedirle a nadie en la brigada que haga una donación de sangre para un asunto personal suyo. ¿Por qué razón Eduardo no se lo dijo antes? Pobre muchacha. ¿Sabrá su padre que está embarazada y que piensa abortar?

Con los baches del camino, las reminiscencias y preocupaciones se desprenden traviesas apenas asoman. Felo aprieta entre las sienes las tareas pendientes para protegerlas de saltos y curvas. Esta noche pondrá sin falta el fregadero. El fin de semana, la ventana de la sala. Puede ver que en el Parque de la Fraternidad algunos árboles han perdido ramas grandes y que el poco follaje que les queda tiembla en posición horizontal por el viento. Al ver que una valla para la señalización del tráfico ha amanecido en un soportal, teme que este Gilbert resulte de la misma estirpe que King, que se ensañó con la región central de la isla en el 50. No recuerda por dónde entró aquel otro huracán, pero él lo sufrió personalmente en Caibarién, donde los bohíos quedaron destruidos por el viento, las casitas más sólidas perdieron sus techos, y los cuerpos hinchados de los pollos y cerdos muertos eran arrastrados por la corriente del río Guaní. De hecho, el Guaní y el Bartolomé crecieron hasta perder su cauce y convertirse en lagos que lo anegaron todo. No se le olvida cómo las ráfagas de viento y la implacable lluvia azotaban su casa mientras la familia pasaba en vela noches enteras de engañosa calma por lo que pudiera pasar.

Uno de aquellos días de ciclón, hacia las seis de la mañana, su padre los obligó a Angelito y a él a traer la yunta de bueyes que tenía en el sitio al pie de la Loma de Guajabana. Los bueyes no aparecieron y, mientras ellos dos luchaban por descender el centenar largo de metros, el aire se volvió una fuerza visible, cargada de partículas sólidas y con un ruido que quitaba el aliento. Los vientos debieron de haber sido de unos doscientos kilómetros por hora. Felo agarró a su hermano menor y se echó con él al suelo entre las raíces de una ceiba, donde permanecieron durante lo que pareció una eternidad. Aquello fue una experiencia tan emocionante como espantosa.

King dejó los cultivos de la familia reducidos a pantanos y la casa familiar inundada durante varios días. Los recuerda bien porque los pasó en casa de su madrina en el centro del pueblo, y al cabo de esa semana su padre los abandonó para escaparse con la hija de una vecina que vivía en un bohío del otro lado de la línea de ferrocarril. No lo odia por ello. De hecho, le agradece que los haya dejado entonces y no años más tarde porque con él desaparecieron los gritos, los golpes y los miedos. Gracias a su ausencia, Felo pudo cultivar con su madre un apego que con el tiempo les proporcionó seguridad, consuelo y apoyo mutuo. Y el Día de los padres no piensa en él, sino en ella.

El camión insinúa una curva cerrada sobre el estrecho y fangoso espacio entre una pila de bloques y otra de cabillas para detenerse frente a Agustín, el sordo Ibáñez y Cuco, que esperan sentados sobre unos tablones.

—Buenos días. ¿Cómo llegaste ayer?

—Bien, aunque me tomé unas cuantas. Lo que sí me cogió fue el aguacero. ¿Y la gente dónde está?

—No sé.

—¿Y ayer qué? ¡Te fuiste sabroso! —grita el sordo, cuyo sexagésimo cumpleaños estuvieron celebrando el día anterior.

En vez de responder, Felo se dirige a un joven que se acerca arrastrando una pala.

—Coño, Iván, ¿cuántas veces tengo que decirte que cuides las herramientas? ¡Imagínate que estás en la guerra y que ese es tu fusil!

Sabe que con ser tan recto no gana nada, pero no puede comportarse de otra manera. Es más, si no fuera como es, los jefes no confiarían en él y los subordinados lo atropellarían. Especialmente los jóvenes, esos supuestos hombres nuevos del Che, con su insolente vagancia, y la violencia y desfachatez con que hablan, caminan, escupen, se ríen y desaparecen del puesto de trabajo cada dos por tres.

Desde la caseta del custodio lo mandan a callar unos hombres que intentan escuchar Radio Reloj. Felo se les une y oye que El Huracán del Siglo se encuentra en los 19,9° de latitud norte y los 85,3° de longitud oeste, a 472 kilómetros de La Habana. Ha seguido intensificándose durante la noche hasta alcanzar categoría cinco, con vientos de 290 kilómetros por hora. Se desplaza en dirección oeste noroeste hacia la capital.

*****

No muy lejos de la caseta, Eduardo salta del estribo de una carretilla elevadora en movimiento y va a sentarse a los tablones con los demás. Su extraña presencia en la obra un martes a las ocho de la mañana se debe en parte a la necesidad de hacer horas de trabajo "voluntario" en obras sociales. Resulta que en la Universidad empezaron pidiendo cuarenta horas al año, luego ochenta y ahora ciento veinte. Intenta hacer algunas en la brigada que dirige su tío con la esperanza de que le dé un bono por más horas de las que en realidad piensa terminar haciendo, pero el papelito de marras sigue sin concretarse.

Recuerda la admiración que cuando niño sentía por su único tío, que lo imbuía de una masculinidad desbordante cada vez que se encontraban. No se explica cómo esta simpatía de la infancia ha dado paso a una aversión visceral por el intolerante jefe de brigada con pelos en las orejas, el comecandela incondicional que reproduce en poses ridículas los romos clichés del momento. La imaginación de Eduardo dibuja a su tío recitando cada mañana una oración de odio, sosteniendo en una mano el cabo de la brocha de afeitar, a punto de macerarse un testículo contra el lavamanos. ¿Desayunará vinagre? ¿Por qué ese carácter agrio y esa predisposición contra todos?

Pero mejor disimular la aversión, guardarla, fingir que no existe. Más importante que la cantidad de horas de trabajo voluntario que pueda acreditar en la universidad es que su tío acabe de conseguirle el comprobante de la donación que le ha prometido para el aborto de Beatriz. Cuando él dijo en el banco de sangre que acababa de salir de una gripe con fiebre alta y había ingerido medicamentos, le dijeron que no podía donar en quince días. Por eso necesita la de Felo. La necesita Beatriz para salir de este apuro. Necesitan la sangre del comecandela.

Al olor de las sardinas

Eduardo se pregunta qué sentido tienen sus días desde la separación de Beatriz.

Esta tarde acompañó a Nano y Orejita al doble juego de pelota en el Latinoamericano y se aburrió bastante. Los únicos momentos emocionantes fueron la discutible decisión de un árbitro de declarar *foul* un roletazo por encima de la almohadilla de tercera y el *out* que sacó el lanzador de Industriales al capturar una línea que le iba directo al rostro.

Sin esperar a que terminara el primer juego, entre apretones de manos, sus dos amigos se largaron, uno a descansar y el otro a ver a una jebita en Lawton.

—Yo me quedo un rato más a ver si esto se anima —masculló Eduardo.

Pero no pasaron cinco minutos y también él abandonó el estadio para escapar del fantasma de Beatriz, que insistía en aparecérsele en las gradas y en las luces sobre el diamante.

Coge por Consejero Arango, primero loma arriba y luego abajo, y al final de la calle tuerce a la izquierda. Un olor aséptico lo envuelve en el triste asunto de la interrupción del embarazo. Es muy similar al del hospital ginecobstétrico donde sacaron uno de los veinte turnos que daban al día para los abortos inducidos. Tanto él como Beatriz habían pensado que aquella sería la mejor solución a la pesadilla que venían sufriendo. Estaban equivocados.

En vano se adentra ahora en las calles del barrio de Atarés con la esperanza de toparse con algún amigo y matar el tiempo. No aparece ninguno. Pero le sigue acudiendo a la mente la entrañable sonrisa de ella. Se lleva las manos a la cara y se dice: ya verás cómo la olvidas.

Cabizbajo y con los pies echando humo, llega al cuarto en el solar. Levanta el medio visillo en la hoja abierta de la puerta y allí está su padre, de espaldas, cocinando mientras silba y mueve la cabeza al ritmo de una vieja melodía sobre la noche criolla, una negra bonita y un alma bohemia.

—Como el gato al olor de la sardina —dice Ángel sin mirarlo y sin dejar de trajinar con olla de presión, cucharón, caldero de aluminio, espumadera y dos platos—. No vayas a volver a salir, que ya estoy sirviendo.

Bombas

Pepe gira ligeramente el fondo de la botella de vino tinto chileno mientras la aleja del borde de la segunda copa que sirve. Emilia experimenta una mezcla de envidia y desprecio al observar cómo su marido imparte unos movimientos circulares a su copa en el aire antes de olfatear el vino revuelto. El hombre parece evaluar el color y las finas cascadas que bañan las paredes interiores del cristal antes de llenarse la boca y fruncirla como si fuera a silbar. Hace gorgotear el líquido.

Emilia lo mira disimuladamente mientras se prepara para el inevitable juego de las asociaciones y evocaciones. A ver si hoy sale frambuesa, cereza, fresa, nuez, canela, salvia, rosas, pimiento, miel, chocolate, pino o cuero. Hierba seca o alquitrán seguro que no. ¿Y qué adjetivos habrá de acompañamiento? Quizás cremoso, aterciopelado, carnoso, untuoso, vigoroso, fresco, tostado, sedoso, brillante, alegre o perfumado. ¿Con un deje de chapapote?

Oh, el *connoisseur* sostiene su copa en alto. Ahora hay que prestar atención. ¿Cuál podría ser el veredicto?

—¡Por la democracia!

Desconcertada, Emilia alza su copa.

—¿Te has dado cuenta, mi amor, de que en los casi diez años que llevamos aquí hemos hecho este gesto más veces que en todos los que vivimos en Cuba? —pregunta él sin volver a colocar la copa sobre la mesa.

¿Cómo lo va a olvidar?

—Otro brindis por este país y por la suerte de que nos haya acogido —repite Pepe.

Emilia alza su copa, bebe un largo sorbo y lo escucha extenderse sobre la visita que quiere hacerles a sus familiares en Nueva York. No es que ella no quiera visitarlos, pero su marido parece mucho más entusiasmado con el "cubaneo" que con el Parque Central, la Gran Estación Central o los paseos en barco que ella quisiera hacer, por no hablar del Museo de la Inmigración. Es cierto que fueron los familiares de Pepe quienes los sacaron del aeropuerto de Opa-locka como quien reclama una maleta en la sección de objetos perdidos, pero aquello ya es agua pasada.

Suena el timbre y Pepe se apresura a abrir. Que Emilia sepa, no esperan visita. Al cerrarse la puerta, sin embargo, puede oír la voz de Abelito, un amigo de la infancia de Pepe que vive cerca de los Everglades y de vez en cuando viene a Miami, dice él que a visitar a sus parientes y amigos, pero ella sabe de sus trapicheos.

Nada más entrar y saludarla a distancia, el visitante pasa a la cocina detrás de su amigo, quien le pregunta a bocajarro:

—¿Has conseguido algo? Estoy a dos velas.

—*Brother*, lo que te traigo es una bomba hidropónica de alta potencia —responde Abel, colocando una bolsita de nailon transparente sobre la lavadora—. Cuesta casi el doble que la normal, pero ya me dirás cuando la pruebes si no lo vale.

—¿Y cómo diste con esto?

—¡Ah! Es una historia larga de contar, así que ve torciéndote un petardo mientras te doy la versión corta. Aquí tienes papel. Esta me la ha pasado un yunta de El Cotorro que casi acaba de llegar. Vive en una de esas casas donde los ilegales cultivan la hierba y la cuidan como si fuera suya a cambio de hospedaje y protección contra Inmigración.

—¿Enciendo?

—*Paluégoejtádde.* Te digo una cosa, *bro.* El socio es ingeniero químico y aceptó este negocito porque le da más dinero que los trabajos basura que le ofrecen. Y porque necesita mucha pasta lo antes posible para sacar a su hija de Cuba. Pero en cualquier momento se empata con una buena pincha y ahí mismo se nos jode el suministro, que el tipo es científico. Cien-tí-fi-co. Y vendiendo marihuana. ¡De pinga! ¿Qué te parece el material?

*****

Emilia se ha llevado su copa de vino al estudio en la planta alta con la idea de sentarse a escribir a Cuba. Busca palabras de apoyo y esperanza. Lo único que le viene a la mente es el recelo que se generó alrededor de los marielitos, que en 1980 llegaban por centenares a todas horas mientras la tasa de desempleo local se disparaba. Los albergaron en el estadio Orange Bowl, luego los trasladaron a la "ciudad de las carpas", debajo del nudo de enlaces de la carretera interestatal I-95 en Miami. A los setenta y ocho mil que no tenían a nadie dispuesto a patrocinarlos los esparcieron por bases militares, centros de detención y prisiones de todo el país. Pepe contempla el asunto desde otro punto de vista. Él dice que en diez o veinte años los marielitos forjarán un verdadero sueño americano y se convertirán en los futuros empresarios y profesionales que ennoblecerán a la comunidad cubanoamericana, como las anteriores hornadas de emigrados. Pero ella sigue sin ver la concreción de ese sueño.

Abandona estas divagaciones para iniciar un nuevo ciclo de llamadas telefónicas a los dos únicos números de vecinos que tiene para hablar con su gente en Cuba. Al no poder comunicarse con el primero, prueba con el segundo. Como nadie responde, presiona con un dedo el interruptor sobre el que debe dejar descansar el auricular.

—Te quiero mucho, papito —suspira al transmisor aún contra su mentón.

No recuerda haberle dicho antes estas palabras a su padre. A partir de ahora se las dirá con mayor frecuencia y él tendrá que aceptarlas en vez de narrar la sarta de nimiedades con que rellena su aburrido día en Cuba. No se explica cómo en sus años de adolescente arrogante e inadaptada no se dio cuenta de todo lo que Ángel hacía por la familia, dijeran lo que dijeran las malas lenguas. La avergonzaba con sus borracheras, sí, pero fue él quien, por ejemplo, le inoculó el virus de la lectura mediante su vieja colección de *Selecciones del Reader's Digest*. Con aquellos artículos y chistes ella combatía el tedio, se imaginaba el mundo y soñaba. Y por muchos otros motivos le debe en gran parte la mujer que hoy es. Para él la familia siempre ha sido lo más importante. Le consta. Cuando a su mamita la atrapó aquel horrible cáncer que terminó por llevársela, él no pudo ser mejor esposo. Ni mejor padre con ella y con su hermano. Decidió quedarse en Cuba con ellos en vez de largarse con Mireya y Sofía, que en definitiva eran su nueva familia.

Baja a la sala y se sirve otra copa de vino, que paladea frente a la escalera mientras escucha el murmujeo de las voces de su marido y Abel en la cocina. De vuelta en el estudio, bebe a la salud del único gran hombre en su vida, deja descansar la copa sobre el escritorio y se sienta. En Cuba, el Día de los padres, solía regalarle una postal que llevaba convoyada una botella de ron, del mejor que pudiera comprar. No le gustaba que bebiera, pero, como sabía que se iba a emborrachar de todos modos, lo más que podía hacer era garantizar que se metiera en el cuerpo algo de calidad y no un matarratas de esos que inventaban en los solares de La Habana, por no hablar del alcohol metílico con que se habían matado tantos. La botellita no dejaría de contribuir al mismo resultado letal que los alcoholifanes, pero su padre disfrutaría de una experiencia mucho más grata, estética y sensorialmente. Le promete que hará lo que pueda por salir adelante, por ella misma, por él y por Eduardito.

—Y a ti por supuesto que no te olvido, mamita querida —le dice en un susurro al portarretrato sobre el escritorio—. Si tuviera una dirección a la que mandarte una carta o una postal con todo mi amor, lo haría ahora mismo. Ojalá estuvieras aquí conmigo.

Le han saltado unas lágrimas. Al parpadear para desempañarse la vista, nota que en la ventana ha aparecido un gorrión. Se enjuga las lágrimas con el dorso de la mano e implora una señal a la figura inasible de su madre tras una ausencia de casi veinte años. El gorrión da un par de saltitos sobre el alféizar y toma el vuelo.

Emilia se pone de pie y da unos pasos por la habitación. Tiene que animarse. Ya le propuso a Pepe ir al cine o al teatro ayer, pero, para variar, su marido adujo que estaba cansado y que tenía que preparar una de sus charlas. No le importaría ir sola al teatro en Coral Gables para sentir la presencia de los actores en el escenario y su clara dicción a unos escasos metros. También podría ir al cine y seguir a los personajes a su trabajo, acompañarlos a la hora de comer, meterse en su vida y hasta en su cama sin que la descubran, protegida por la oscuridad de la sala de proyecciones. Pero necesita contacto real con gente real. Bastante tiene ya con la mirada ausente y la afectada rigidez de los compañeros de trabajo. No diría que sus alumnos en el instituto donde enseña español dos noches por semana y los sábados sean la mar de alegres, pero al menos no la aburren. Por el momento inserta en la grabadora el casete con viejas canciones cubanas que ha comprado en la calle 8 y vuelve a bajar por más vino.

Mientras sube las escaleras, le parece oír despedirse a Abel. Sentada de nuevo al escritorio y decidida a no salir de su refugio en buen rato, se dispone a volver a la escritura, pero la conmueven las trompetas del Conjunto Casino, que interpretan *Llanto de luna*. Apura la copa y la música la transporta a los círculos sociales obreros de las playas de Marianao, donde las vitrolas solían repetir hasta la saciedad canciones similares mientras ella se tostaba al sol.

¿Cómo borrar esta larga tristeza que deja tu adiós?
¿Cómo poder olvidarte si dentro, muy dentro, estás tú?
¿Cómo vivir así en esta soledad tan llena de ansiedad de ti?

Música de viejos borrachos, se decía entonces. Ahora, copa en mano, le acude una leve sonrisa al rostro.

*****

Tumbado en el sofá, Pepe se tuerce el segundo canuto de marihuana. Lo enciende, arroja la fosforera sobre la mesa de centro y se acomoda en una esquina. Entonces le da por pensar que el nivel de vida en Estados Unidos les permite disfrutar de un hogar tranquilo y seguro, pero solo en apariencia: toda seguridad que pueda proporcionarles la bella casa de dos plantas y tres dormitorios que habitan en la Pequeña Habana, toda precaución que puedan tener dentro y fuera de ella, son insuficientes para prevenir los impensables y estrambóticos accidentes que ocupan la azarosa vida diaria, esa especie de tiovivo sin un tornillo sobre el que se ve pasar. ¿Podrán seguir pagando el alquiler? ¿Qué horripilante suceso podría aguardar al doblar de la esquina? En cualquier momento podría salir un cocodrilo del alcantarillado; no hace mucho, uno de estos bichos devoró a un jugador de golf en Palm Beach. Por otra parte, unos días atrás, varios pacientes murieron en un hospital porque los aparatos que mantenían sus constantes vitales fueron desconectados accidentalmente por un conserje, y a un motociclista lo decapitó una plancha metálica que por una de esas casualidades cayó de un camión en movimiento. Por no hablar de los chiflados que escogen a sus víctimas al azar. Además, en esta vida tan agitada no queda tiempo ni siquiera para prepararse los alimentos, mucho menos para cultivarlos, por lo que, al llevarse cualquier cosa a la boca, uno se expone a agricultores y operarios anónimos entre los que nadie garantiza que no haya un perturbado capaz de...

—Cariño, cuando vayas a la cocina, pon las pizzas en el horno, por favor. Yo la mía pienso comérmela aquí arriba, que tengo un millón de cosas que hacer —dice Emilia desde las escaleras.

Pepe va hasta la cocina, enciende el horno de gas y lleva la perilla de control de la llama a la posición media. Saca del refrigerador dos pizzas empaquetadas, rompe su envoltorio y las coloca sobre papel de aluminio antes de darle una calada profunda al canuto que todo este tiempo ha sostenido entre los labios.

—Dígame —escucha a Emilia responder por allá arriba—. Ah. ¿Cómo sabía que eras tú? ¿Qué te cuentas?... ¡Vigila las pizzas, que la llamada es para mí!... No, no. Es con Pepe... Sí... Ajá... No me digas...

Pepe coge un bote del especiero, espolvorea con orégano las pizzas y las mete en el horno. Al agacharse para mirar a través de la puerta transparente mientras controla la llama, lo atemoriza la posibilidad de que el horno le explote a escasos centímetros de la cara. Le haría saltar los tímpanos y le volaría las mejillas. ¡PAM! ¡POM! ¡BOM! Con las explosiones saldrían disparadas unas esquirlas metálicas que se le meterían por los oídos y le comerían el cerebro. Vaya tonterías, se reprende mientras oye a Emilia al teléfono.

—Ajá... ¿Y no... ¿Y no le... ¿Y no... Ajá...

Con esta llamada vendrá a soltar el teléfono de aquí a una hora, calcula él, convencido de que se trata de la cuarentona "workohólica" que no deja hablar a nadie y que "sumariza" y "taipea" historias clínicas para un proveedor de United Healthcare, como ha empezado a hacer Emilia en su tiempo libre. Los visita casi cada semana desde que su marido murió de la patada de una yegua con la que intentaba hacer sus cosas según las malas lenguas en Hialeah.

Pepe baja el fuego del horno, recoge el canuto de la encimera y sale al patio, donde redescubre su copa de vino mediada y la apura antes de llevarse el canuto apagado a la boca. La hierba es sin duda la droga que más le cuadra. Ha tenido sus escarceos hasta con la heroína, que le ayudó durante un tiempo a aislarse de todo para concentrarse en sus ideas con una agradable sensación de calidez, pero no es lo suyo. Las pastillas las solía disfrutar en sociedad, para sostener conversaciones largas y ocurrentes cuando llevaba una vida política más activa, pues le daban energía y buenas vibraciones. Pero eso era antes. Ahora lo vuelven errático. Ahora es la coca la que le provoca el efecto más similar a lo que extraña de las pastillas. También singa mejor y maneja mejor y se siente más elegante. Lo único malo es que lo hace sudar y apretar las mandíbulas; tanto que teme dañarse un diente. Y con la dentadura no se juega sin seguro médico.

Estas cosas va pensando mientras se dirige a la cocina a vigilar el horno. De nuevo frente a su puerta, le viene a la cabeza el caso de la niñera que adormilaba con gas a unos gemelos intranquilos. Será una leyenda urbana y todo lo que digan, pero él no deja de asombrarse con lo chiflada que puede estar la gente. Solo hay que pensar en Marcelino, que en La Habana se pasaba meses enteros tranquilo afuera de la tienda La Alborada, tratando de vender sus jarritos de aluminio a los paseantes, y resulta que aquí en el Yumeco le clavó un cuchillo en el pecho a un nicaragüense antes de tasajearle el pescuezo.

En comparación con todos esos zumbados, él se considera un tipo más que sereno. El único "problema" que ha tenido en su patria adoptiva fue cuando lo multaron por "estado de embriaguez a cargo de un vehículo automotor". ¡Aunque el carro estuviera detenido frente a su casa! Intentó explicarle al agente que había tenido una discusión con su mujer, como la pueden tener las parejas mejor llevadas. Había entrado sobrio al vehículo y empezado a beber una vez dentro, pero no tenía intención de conducir. Solo había encendido el motor para usar el aire acondicionado y la radio.

—Estos *red neck* de los cojones son lo más cuadrado que puedas ver —masculla—. Algún vecinito chismoso tuvo que haber llamado a la policía.

—¿Ya están esas pizzas? —pregunta a su lado Emilia, que lo deja sobrio del susto.

*****

De nuevo en el estudio, bolígrafo en mano, Emilia se pone a revisar en papel el borrador del artículo que escribió por la mañana:

> …Muy pocos integrantes del gobierno de Carter llegaron a conocer la crisis de Camarioca de primera mano. Quizás por eso no hicieran caso de las repetidas advertencias de Castro, quien ya desde entonces consideraba volver a abrir las fronteras. La misma CIA mencionó en varios informes la posibilidad de que se produjera una migración a gran escala. Pero el gobierno primero dio la bienvenida a los refugiados, luego los rechazó, luego los soltó en las calles de Miami y luego los detuvo. Se cerró en banda a negociar con Cuba y unos días más tarde sugirió hacerlo sin ofrecer otras condiciones que la ingenua exigencia de que Castro pusiera fin al éxodo. El hecho es que, para cuando ambas partes se sentaron a la mesa de negociaciones, la "flotilla de la libertad" ya había traído a territorio norteamericano a más de 125 000 cubanos. Las estadísticas dicen que otros 375 000 se inscribieron para irse, pero no llegaron a hacerlo, por lo que queda un residuo que no es moco de pavo. Y es precisamente este residuo el que permitirá a Castro controlar una vez más las relaciones con Estados Unidos mediante la llave de paso de la emigración, la bomba demográfica que ya le hemos visto utilizar como arma política en ocasiones anteriores…

Tras hacer un par de cambios, se lleva el borrador al dormitorio, enciende la lamparilla y toma de encima de la mesita de noche la antología de cuentos norteamericanos para apoyar sobre ella los folios. Sabe que, justo cuando se haya quedado dormida, vendrá Pepe a meterse en la cama y despertarla, sin ni siquiera un cariño. O quizás con el agarre simiesco que le hace con los dedos de los pies y que ella supone que deba entender como un pellizco jocoso. Nunca sabe si su marido está cansado o si sencillamente quiere que ella desaparezca de su vida. Lo más triste es que esta apatía la muestra con casi todo el mundo y que se está volviendo cada vez más huraño. Si no fuera porque lee la prensa y conserva ciertas inquietudes políticas, no se diferenciaría mucho de Rip Van Winkle. ¿Qué se encontrará cuando despierte? ¿Cuánto habrá cambiado todo a su alrededor? ¿Entenderá algo de este país que se reinventa cada segundo? Solo le falta la barba de un pie. Para colmo de males, por momentos Emilia sospecha que a su marido le ha picado el bicho de los celos profesionales por los pinitos que ella va haciendo con sus artículos de opinión en *El Cubanito*. ¡Lo que faltaba!

*****

Mientras tanto, en el borde del sofá y doblado sobre la mesa de centro, Pepe se lleva a un orificio de la nariz el extremo de un billete enrollado. Sabe que solo cuenta con ese tirito para terminar la noche en una nota alta: singándose a su mujer. Tuvo que rogarle a Abel para que se lo vendiera. Consumado el ritual, toma en las manos una copia de *El Nuevo Herald* y se recuesta en el sofá a la espera del efecto.

Lo primero que siente es un cosquilleo en la fosa nasal derecha. Luego se le escurre una gota de sangre que va a parar al papel prensa. Él sorbe con fuerza, salta del sofá, se aprieta entre pulgar e índice la nariz y corre al lavabo respirando por la boca. Frente al espejo se tapona con papel higiénico el orificio del problema e intenta relajarse, confiado en que el sangramiento cesará espontáneamente en un par de minutos. Está acostumbrado, se dice con la cabeza echada hacia atrás mientras traga lo que le baja a la garganta.

Todos los caminos conducen al malecón

A los cuatro años de haberle dado la libertad bajo fianza fue que vinieron a citar a Ángel para juicio en la sala cuarta de lo penal en la Provincia. Luego tardaron medio año en hacerle saber el veredicto. A pesar de que lo declararon inocente, le dijeron al cabo de tres meses que se presentara en el tribunal municipal. El expediente no estaba allí y le dijeron que esperara una nueva citación. No solo ha esperado casi otro año, sino que ha ido en persona varias veces y nunca lo atienden.

Mientras tanto, sigue asistiendo puntualmente al taller y haciendo las guardias y los trabajos voluntarios que haya que hacer, por su propio bien y por el de Eduardito, pero teme que de esa causa archivada surja un hosco genio con ojos de teas ardientes que lo tuerza todo. Que caiga otro mazo y él termine guardado de nuevo. Nada lo sorprendería después de la historia que le han contado de un santiaguero que soñó que se iba de Cuba en un bote con su familia, se lo contó a los amigos en el Parque Céspedes y a la semana lo arrestó la Seguridad del Estado por intento de salida ilegal del país.

Tic-tac, tic-tac, tic-tac. Radio Reloj. Piiip. Seis y catorce minutos. Tirirí, Tirirí. Según la locutora, en la década a punto de concluir ha regresado el cometa Haley, han agregado un segundo al año del calendario, se ha erradicado la viruela, España ha legalizado el divorcio, han realizado el primer trasplante de corazón artificial y el proyecto del genoma humano ha iniciado su andadura. El mundo da pasos firmes hacia un nuevo milenio. En la vida de Ángel, sin embargo, nada parece haber cambiado. Y la inmovilidad que tanto margen deja al recuerdo lo afecta unos días más que otros. Ahora, por ejemplo, aunque debe regresar al velorio de su compañero de trabajo, mientras espera a que hierva la leche y cuele el café, se le antoja sacar del aparador el hatillo con las cartas que Emilia ha estado enviando durante años. Comienza a leer la más reciente, dirigida a Eduardo y fechada en Miami Beach el 16 de abril de 1989.

...Me enteré de que estás muy majadero últimamente con la idea de irte. Papi está preocupado aunque no te lo diga ni demuestre. Y motivos de sobra tiene. Por mucha vuelta que yo le doy al asunto, siempre llego a la misma conclusión: debes tener paciencia para no cometer una locura. Pero no te desanimes. He hablado con dos amistades que pueden invitarte a un tercer país... Aquí los cubanos viven en un estado de encantamiento permanente con una capital de América Latina que antes de su llegada era un pantano sin historia. Se jactan de ser la única minoría que gana igual que los gringos, la más numerosa, la de mayor poder político, bla, bla, bla. Nadie quiere oír hablar de violencia, corrupción, racismo, pobreza, ignorancia o intolerancia política...

Ángel lleva la carta a su sobre y toma otra, enviada casi diez años antes desde la Pequeña Habana y con las primeras fotos. Es una de sus favoritas. La ha desplegado, leído, releído y vuelto a doblar tantas veces que empieza a romperse.

...Ya no me desvelo. Los pensamientos desordenados que me asaltaban de madrugada han desaparecido por completo. A veces lo que me fastidia es despertarme aquí cuando en el sueño estaba allá con ustedes... Trato siempre de olvidar el pasado y aferrarme al presente, al nuevo y eterno comenzar. Me esfuerzo por hacer mías las esquinas, los árboles, las caras en los negocios...

Mafuco, el perrito sato que Ángel recogió de la calle hace un par de semanas, se ha salido de su caja de cartón, ha corrido hasta él moviendo el rabo, y le pisotea los zapatos y los bajos de los pantalones. Ángel se pone de pie para huir de la inactividad y de sus propios pensamientos, pero no tarda en volver a sentarse después de apagar la hornilla y servirse café. Para mayo, el calor le parece excesivo. Ordena por su número las hojas de la carta, las dobla y las mete con cuidado en su sobre, junto con las fotos. Se busca los cigarros en el bolsillo de la camisa y enciende uno. Entonces se relaja en la silla observando las volutas de humo que van llenando el cuarto.

Las palabras de Emilia lo han hecho reflexionar sobre su propia vida, penosa no solo porque en ella ya no sople la juventud, sino porque ha quedado varada en la desolación. Se alimenta únicamente de recuerdos mientras brega a ciegas por sobrevivir. Ahora, para colmo de males, las mismas cartas que durante nueve años le sirvieron de grata y secreta evasión empiezan a inquietarlo, en particular la más reciente. Al principio Emilia llamaba casi todos los fines de semana y parecía contenta con su suerte: encontró trabajo, tenía acceso a los libros que en Cuba tanto había ansiado leer, Pepe daba rienda suelta a sus inquietudes políticas sin miedo a dar con los huesos en la cárcel y en general les iba muy bien. Desde hace algún tiempo, sin embargo, las llamadas se han hecho menos frecuentes y en las cartas Ángel nota cierto desaliento.

También está Eduardo. El sigilo que dentro de la familia envuelve todo lo relacionado con Emilia hace que muchas veces Ángel le oculte la verdad a su hijo. Cualquier carta, foto o llamada de Estados Unidos es puro material radiactivo que podría producir unos efectos devastadores si llegara al muchacho. Como padre, Ángel cree que es responsabilidad suya levantar barreras que eviten tal catástrofe. Un mal necesario. Por desgracia, las evidencias del Norte pueden ser incineradas, inyectadas en la roca, congeladas en los casquetes polares, enterradas bajo el fondo del mar o puestas en órbita, que el polvorín dentro del muchacho parece siempre a punto de estallar. La isla paraliza, atenaza, y Eduardito parece estar cansado de esperar una solución que provenga de la dirigencia. Ángel entiende perfectamente a su hijo, pero teme perderlo como ya ha perdido a Emilia.

La luz del sol que llega por el ventanuco enrejado ilumina parte del suelo y la radio vuelve a dar la hora con la precisión de un reloj atómico. Piiip. Seis y veinticinco minutos. Tirirí, tirirí. Ángel se incorpora y recorre con la vista los bajos del cuartucho que habita en usufructo gratuito con su hijo en un solar maloliente: la cocinita de dos hornillas sin horno, el refrigerador, el televisor, tres cucarachas muertas en un rincón, la mesa ordinaria, dos sillas caídas en desuso y machihembradas una sobre la otra detrás de la mesa, y varias pilas de libros encima del aparador comido por el comején. El murmullo de la carcoma que roe el techo y el suelo de la barbacoa le provocan la sensación de que el sitio está ardiendo. Las paredes, apaisadas por el altillo de madera, las pintó con lechada de cal hace tan solo dos años y la mugre ya se ha comido el blanco. Las voces del rebelde y la exiliada conviven con los vestigios de un pasado que no volverá. Son el único asidero de Ángel a la vida y hoy le exigen que mueva ficha, que haga algo por la familia.

—Papi, ¿has hecho café? —pregunta desde arriba Eduardo.

—Sí, y la leche ya está hervida, por si quieres —responde Ángel mientras sube las escaleras—. ¿Qué te pasa que estás despierto a esta hora?

—Nada, no tengo sueño. De todos modos tenía que levantarme temprano.

—¿No es hoy el examen?

—El miércoles.

—Bueno, atiéndeme acá un momento, que tengo que irme otra vez para el velorio. Cuando regreses de la universidad, si puedes, compra el pan y los huevos, y averigua si vino algo a la pescadería. Yo espero estar aquí antes de la noche, pero por si acaso.

Nada más cerrarse la puerta, Eduardo se pone en pie y se despereza. Baja lentamente las escaleras de madera, se deja caer en una silla, estira las piernas y lleva la vista de las cucarachas al jarro de leche y la cafetera, evitando todo el tiempo mirar al largo fluorescente que crepita con insistencia en el techo.

*****

El sol viene de nuevo a caldearlo todo a pesar de las caprichosas figuras en negro y gris que amenazan con velar el cielo.

—Dejen el relajo, que ahí viene gente de la familia.

Las risotadas que había espoleado un chiste de Migue quedan ahogadas diligentemente en café y humo por un grupito de asistentes al velorio en la funeraria. Alonso muerde su tabaco y busca acomodo sobre la banqueta, de espaldas al mostrador de la cafetería. Durante la despedida de duelo, con la gruesa cadena de oro reluciente sobre su pecho blanco y velludo, hablará de la actitud del difunto ante la vida, la familia y los compañeros de trabajo. Por el momento se limita a comentar con voz moderada al lado de Ángel que el Papa estaba entero, que tenía tremenda mulata y que la bomba le falla a cualquiera.

*****

Tras leer los objetivos de su conferencia, la profesora de Lingüística comienza a explicar la relación entre forma y contenido. A continuación, pasa a la forma del contenido y luego a la de la forma misma. Vladimir, milagrosamente presente en el edificio de Zapata y G a las siete y media de la mañana, le señala a Eduardo con una mueca lujuriosa las nalgas de la mujer, que le tiemblan mientras esboza en la pizarra el ombligo de la estructura conceptual. Eduardo asiente con otra mueca y pasa a la lectura de la novela que le ha dejado El Rafa. Cuando el hambre comienza a imponerse sobre el disfrute de la capacidad vitricida del personaje principal, suena el timbre que anuncia un descanso de cinco minutos.

Al salir del aula, Eduardo ve a la mulatica bombón de primer año cerca de las escaleras, recostada contra la pared y fumando. Como se trata del receso corto, decide no ir a la cafetería, sino volver adentro, picar un cigarro y salir a pedir fuego.

*****

Entre tumbas y lápidas de mármol, los dolientes se van dispersando en el cementerio de Colón.

—No parecía mala persona. ¿Es verdad que era garrotero? —pregunta Marisa, la chica nueva en las oficinas del taller.

—Eso dicen. Mira, ¿para qué mentirte? De vez en cuando yo también le cogía algo de dinero prestado. Un caso de necesidad. Ya sabes cómo es eso.

Las palabras de Ángel quedan interrumpidas por un chasquido de la joven.

—Lástima que yo no me haya enterado antes. Con lo que me cuesta llegar a fin de mes. Ese Papa, que en paz descanse, me habría sacado de más de un apuro.

Ángel no sabe qué decir. Se pone a pensar en cómo las manzanas de estrechos caminos se combinan para formar cuadriláteros mayores y estos a su vez repiten más o menos el mismo patrón para formar cuatro inmensas áreas, separadas por las dos avenidas que se cruzan perpendicularmente en la capilla. Mientras admira la maestría de su trazado, calcula que el cementerio ocupe fácilmente medio kilómetro cuadrado.

Pancho y René se les unen frente a la capilla.

—Quizás en este "Reparto Bocarriba" haya más gente que en toda La Habana —dice Ángel.

—El único sitio en Cuba donde se respeta la propiedad privada. Ahí siguen los panteones de las familias y las sociedades —agrega Pancho.

El grupito ha tomado la avenida que conduce a la puerta norte, un tramo con elaboradas combinaciones de granito, mármol de Carrara, cristal y bronce. Al lado de un monumento que supera los veinte metros de altura, Marisa le propone al grupo el último calzoncillo de importación que le queda por vender. Ángel escucha su voz suave y clara mientras sondea la forma de los pechos bajo la blusa blanca de escote bordado. Hoy no han pagado. Si el Papa no se hubiera mudado a este barrio, quizás habría podido prestarle cincuenta pesos hasta que cobrara…

—Ay, Pablito me está haciendo señas. Parece que tiene espacio en su carro. ¿Nadie se va a quedar con el calzoncillo entonces?

Ángel se siente como un idiota al encogerse de hombros y a la vez levantar la mano del cigarro para decir adiós a la muchacha, que corre hacia un Plymouth 57 frente a los arcos del enorme pórtico de piedra en la entrada principal.

*****

La segunda mitad de la conferencia de Lingüística transcurrió con media aula dormida y la otra a punto de desfallecer. En la clase práctica de Latín que le siguió, y que cada semana se convierte en un divertido duelo de intelectos, hoy afloraron joyitas de la traducción como la "madre nutricia" de El Toro, la "cosecha del día" de Ana y las "aves del César" que "mueren por falta de salud" de Juan Carlos. Eduardo se pregunta si sobrevivirá a Comunismo Científico, la asignatura rebautizada por algún listo como "Ciencia Ficción". Sin moverse del banco en el pasillo, observa cómo sus compañeros entran al aula. Al escuchar al profesor anunciar que continuará con el tema diez, "La educación comunista y el desarrollo multilateral de la personalidad", decide en honor a Marx satisfacer primero que todo su necesidad más básica, que es echarse algo sólido en el estómago. ¿Cómo? Aprovechando la falta de vigilancia en el comedor del edificio para estudiantes del interior en F y 3ª.

*****

Migue se lleva un cigarro a la boca, toma un fósforo y lo raya, pero decide hablar antes de acercarlo al cigarro.

—¿Te acuerdas de Castillo?

—La cara me parece familiar.

—Yo trabajé unos meses de fresador en el t-t-taller de Lombillo y de ti sí q-que me acuerdo.

—¡De allí mismo!

—Tuviste en las manos a la chica terremoto. ¿No la invitaste a salir? —pregunta Migue esta vez.

—Tú sabes que es una nena de nivel y que en estos días estoy arrancado.

—Otro día será, hermano, que con dos baros en el bolsillo la cosa cambia.

Esa cantidad de horas más tarde, Migue vaciará el último cuarto de una botella de aguardiente en tres vasitos de cartón sobre uno de los bancos de mármol en La Piragua. Consciente del día de perros que todos han tenido, Castillo tratará trabajosamente de decir que el s-s-sábado n-n-nace entonces. Con el declinar del sol, la sombra de la botella se alargará sobre el polvoriento mármol blanco, y desde el Hotel Nacional sobre la colina frente al mar les llegará una pegajosa melodía:

Madero de nave que naufragó
Piedra rodando sobre sí misma
Alma doliente vagando a solas
De playas, olas, así soy yo

*****

Pasadas las seis de la tarde, Eduardo reparte fichas de dominó en un tablón de anuncios de la Federación Estudiantil Universitaria que descansa boca abajo sobre las rodillas de los jugadores. Él está sentado en un cajón de madera; los demás, en tres literas inferiores que forman una "u".

—Dime —le suelta Héctor a Roberto con una mirada inquisitiva.

—Ven tú.

—La puerca —sale Héctor.

Eduardo coloca su pieza en ángulo recto con el doble nueve de la salida y observa cómo Roberto acomoda otra a continuación. En ese momento llegan El Flaco y Raúl, con una botella de ron y ansiosos por sustituir a la pareja que pierda. Adrián no se piensa su jugada y la partida se va desarrollando con rapidez en el piso veintidós mientras afuera cae un recio aguacero.

¿Habrá terminado de estudiar la mulatica bombón cinco pisos más abajo?, se pregunta Eduardo cuando Raúl le pasa un jarro con ron. Por lo que la muchacha dijo en el receso, muchas veces viene a F y 3ª a estudiar con sus amigas y en un par de ocasiones se ha quedado a dormir porque se le ha hecho tarde para regresar a su casa. No le ha costado convencerla de que pasear es bueno para despejarse y dejar que los conocimientos se sedimenten. Ella ha quedado en avisarle cuando termine, pero es una montaña demasiado atractiva como para esperar que venga a Mahoma. Mahoma tendrá que bajar.

La serpiente de fichas ha crecido tanto que ya no forma una "j", sino una "s". A Eduardo le quedan dos y la suerte parece acompañarlo.

—Capicúa. ¿Por dónde la quieres, nenuco? —le pregunta a Roberto, que no se inmuta ante la provocación.

Sin esperar respuesta, Eduardo mata el enésimo siete de Héctor y pone el juego a cinco. Se levanta sin quitar la vista del mural-tablero. Vuelve a contar en silencio los cinco y solo queda por jugar el que él aprieta en un puño.

—Salgo un momentico por algo que nadie puede hacer por mí. Sigan jugando, que ahora vuelvo.

Baja corriendo cinco pisos y la jebita, que ha terminado de estudiar y ahora charla con sus amigas, le promete que irá a buscarlo enseguida. Subiendo de dos en dos los escalones, Eduardo regresa al piso donde ha pasado muchas tardes de su carrera en Letras clásicas a golpe de dominó y ron. Antes de entrar al cuarto decide usar el baño, donde oye que lo llaman a gritos: le toca jugar y lo busca una muchacha.

—Me voy, que ya ha escampado —lo intercepta ella en el pasillo.

—Dame un minuto y enseguida vuelvo.

Todos lo observan extrañados, expectantes, pues no vuelve a sentarse, sino que permanece bajo el dintel de la puerta.

—Me temo que habrá que virarse —pronuncia con fingido recato antes de lanzar el cinco-dos sobre el tablero.

—¡Y esto es pollona! —exclama El Flaco desde una litera superior al ver en las fichas boca arriba de Roberto y Héctor que los puntos acumulados y los de esta ronda sumarán más de cien.

—De la gorda, bien gorda —suelta Adrián mientras contempla incrédulo las fichas con que se han quedado los perdedores.

—¡Qué cabrón!

—Nos ha jodido.

Adrián echa hacia atrás la cabeza y rompe a reír con una estruendosa palmada sobre el tablero.

—¿Y tú qué haces todavía con ese par de blancos? ¿No viste que me pasaron con él? Ahora sí que has acabado conmigo, compadre —recrimina Héctor a su compañero—.

¿A ti no te enseñaron cuando chiquito que el dominó es un juego en equipo?

—¿Acabado contigo? Mira quién habla: el que dijo que estaba en la playa antes de empezar la partida y resulta que lo pasan dos veces con el blanco. No sé en qué idioma estaba pensando. ¿Pensando? ¡Alóóó!

—Ah, no me vengas con esas, asere. Mira tus fichas. Te quedas con todo ese bulto y me matas cada siete que pongo en la mesa. El siete era mi data y me la jodiste. Tenías que haberlo repetido en vez de matarlo. No te ofendas, pero jugar así es de imbécil.

—Imbécil. Ajaja... —ríe burlonamente El Flaco, y el trago de ron aún en su garganta le produce ahogos.

—Habló el amnésico, que cuando...

—Amnésico. Guajajajajaja... —se le oye ahora a Adrián, cuya risotada termina en tos y sacudidas.

Sobre otra de las literas, Raúl golpea el colchón y pega la cara contra la almohada. Los ataques de risa parecen haber contagiado a todos en el cuarto, excepto a la pareja perdedora. Eduardo aprovecha para escurrirse y tomar por la cintura a la muchacha, que espera boquiabierta en el descanso de las escaleras.

Dos pisos más abajo, aún les llegan las carcajadas.

*****

Ángel ha cruzado media Avenida del Malecón. En un esfuerzo por superponer una acción lógica a las caprichosas oscilaciones de su cuerpo, lanza una mirada de interés hacia el monumento al acorazado americano cuya misteriosa explosión provocó la guerra hispano-cubano-norteamericana. Alcanza a distinguir los capiteles sobre las dos columnas y finalmente el arquitrabe sobre el que una vez descansó un águila imperial.

Migue y el fresador se acercan, pero Ángel no espera por ellos. Con su vasito de cartón medio lleno de aguardiente, cruza la segunda mitad de la avenida hasta la acera del malecón y echa a andar en dirección a la Oficina de Intereses de Estados Unidos y al Parque Martí, con el litoral a su derecha.

Aprovecha para conversar un instante consigo mismo. No es un tipo con suerte. Le cuesta más trabajo que a nadie resolver sus problemas y no tiene ni un miserable quilo prieto partido por la mitad. Migue siempre se ha hecho el loco y, cuando sirvió la última ronda de la segunda botella, dejó claro que no tenía más dinero. Castillo no lo conoce tan bien como para dejarle pasta a pesar de que ha dicho que hoy p-p-por él y mañana por alguno d-d-de ellos. De todas formas, ¿para qué? Pues para mañana almorzar y comprar cigarros, para invitar a Marisa, para apostarlo e intentar dar un vuelco a las cosas, se responde antes de maldecir al Papa, que siempre le formó tremenda intriga para prestarle una miseria de dinero. Un mierda que en realidad nunca le resolvió nada a nadie.

—¡Oye, aguanta ahí! —escucha que le gritan.

Intenta controlar los largos pasos que lo llevan a la avenida, mira con dificultad hacia atrás sin detener la marcha, y nota que Migue y Castillo se viran para piropear a dos mulatas con las que se cruzan.

—Pero, bomboncitos, se me van a derretir con este sol. ¿Por qué no cogen por la sombrita? —les susurra Migue con galantería.

—¿Por alguna casualidad esos pantalones son capitalistas? Porque tienen a las masas bien oprimidas —agrega Castillo.

Tras una breve pausa, el fresador se lleva las manos a la cabeza y remata:

—De todos modos, ya me gustaría a mí ser uno de esos blumercitos para estar bien apretadito y bien metidito ahí. ¡Aunque me maten a pedos!

Desconcertadas, las mujeres fingen no haberlo oído. Se miran, espían con el rabillo del ojo a los dos hombres y se alejan exagerando sus andares insinuantes.

*****

La muchacha y Eduardo dejan atrás el Parque Martí mientras avanzan en dirección al edificio de la Oficina de Intereses y el Hotel Nacional. A su izquierda, las motas de base plana y las finas franjas rojizas en el cielo se funden con el mar sereno y los invitan a sentarse sobre el muro del malecón.

Eduardo concuerda con la opinión de que los esfuerzos por enseñar a los estudiantes a adquirir conocimientos por cuenta propia no son suficientes. A la vez intenta abarcar con la mirada la blusa violeta, la falda de algodón a cuadros verdes y las zapatillas de lona negra cruzadas con gracia sobre el ancho dique de hormigón, increíblemente seco tras el aguacero. Aunque los ojos pardos de ella subrayan por qué los alumnos no están motivados, lo que su mirada impúdica provoca en Eduardo es un hormigueo incontrolable.

—Lo que está claro es que todo anda mal, bastante mal, peor que darse pueda, del peor modo posible —dice él sacudiendo teatralmente la cabeza a ambos lados, en alusión a uno de los libros que ella debe estudiar para el examen.

La muchacha sonríe sin retirarse un milímetro y sin cambiar la mirada. La brisa del mar vuelve a mecerle los cabellos largos y cobrizos sobre las mejillas teñidas de un sugestivo color mamey, que a su vez acentúa el misterio de los ojos. Eduardo recibe la fragancia de mujer en contrapunto con la que ha dejado la lluvia.

—Mal, bastante mal, peor que darse pueda, del peor modo posible —repite, esta vez con la inflexión de la voz que usan las madres con sus bebitos.

Unos segundos atrás no se atrevió a ofrecer un beso deshonesto en lo que pareció la ocasión perfecta. Ahora se lanza y toca con los suyos los labios carnosos, que corresponden. Entonces levita un instante antes de abandonarse en una caída libre a la embriaguez de las caricias. La tarde languidece.

*****

Ángel continúa luchando contra el vaivén incontrolable de sus piernas hasta que el vasito de cartón le suena sordamente en la mano derecha y el aguardiente le moja el pecho. En la palma de la mano se le fríe un huevo. Brotan chispas de entre su cabeza y el áspero hormigón del muro intruso, que ha cobrado vida y se le ha venido encima.

Se incorpora con dificultad y nota el reflejo naranja que ha dejado el sol en el horizonte. Calcula que es demasiado tarde para ir a casa de Felo a pegar la gorra. Además, ya fue ayer. ¡Al carajo su hermano también! Con los antebrazos apoyados contra el hormigón, observa el oleaje zarandear unos trozos de palo entre las rocas. El vaivén lo marea. ¿Cómo se vomita por encima de un murallón de un metro de grosor?

¿Y de dónde ha salido Eduardito ahora? ¡Que Dios lo bendiga!

La llave

Los carros norteamericanos de los años 50 van renqueando por la calle San Lázaro, donde unos carteles que conmemoran aniversarios de efemérides o instan a morir y otros sacrificios relacionados con el proceso revolucionario encaran a los enjambres de gente en las paradas de autobuses. Al torcer a la derecha en Aramburu, Eduardo se adentra en una agonía colectiva cuyos rasgos le son bien familiares: un arco tapiado aquí, una ventana condenada allá, baches en la calle y guardavecinos de arabescos oxidados en los balcones famélicos.

Ha llegado a su destino tras el agotador trayecto bajo el sol, pero el silencio y la tranquilidad lo desazonan en vez de tranquilizarlo. Se siente observado. Tras vacilar un instante, vence el apocamiento y entra en la ennegrecida casona de puntal alto devenida en casa de vecindad.

La edificación, dividida en innumerables cuartos, ha quedado abandonada a su propia resistencia. Al fondo del amplio pasillo central, unos hombres sin camisa trasiegan en silencio con cubos de agua. Por la derecha, un raudal de cordones eléctricos cubiertos por una costra de churre lo recibe y guía hasta los altos por la amplia escalera de mármol blanco, que él sube auxiliándose de la barandilla de hierro sin pasamanos.

Arriba huele a hervidura, a azucenas, y Eduardo puede oír un bolero. Reconoce la voz de Orlando Contreras por uno de los viejos vinilos que su padre aún conserva. Siempre hay quien se atreve a poner a todo volumen la música de cantantes execrados por las autoridades, empieza a reflexionar, pero al instante desatiende estas ideas porque sabe de sobra que a cada momento se producen en la isla situaciones difíciles de explicar, como su propia presencia en este solar.

No tiene dificultad para encontrar la puerta que le describieron: la segunda a la derecha, pintada de azul. En el instante en que sus dedos hacen contacto con la pequeña y recia aldaba sobre la pintura descascarada, se abre una de las hojas.

—Entra, entra —se apresura a susurrarle su bella mulata, que lo besa en los labios tras haber cerrado la puerta y echado el cerrojo—. ¿Quieres café?

—Bueno.

—¿Por alguna casualidad viste a una vieja china en los bajos?

—No. ¿Por qué?

—Por nada. Es que la gente aquí se pasa la vida metida en lo que no le importa, chismoseando a ver quién entra, quién sale y qué uno hace cada segundo del día.

"Quién entra y quién sale." ¿Y eso qué tiene que ver con él? Eduardo enciende un cigarro a pesar de no haber visto ningún cenicero. La muchacha le alcanza el café en un vaso corto y le indica que eche las cenizas en él. Eduardo se sienta entonces en una de las dos sillas junto a la mesa, desde donde puede ver una estantería de pino con varias cajas de cartón apiladas y zapatos fuera de ellas, parte de la escalera que conduce a una barbacoa de madera y un espejo que ha perdido medio azogue, pero que hace más profundos los escasos tres por cuatro metros del cuarto.

El café no tiene azúcar, pero Eduardo se lo bebe igualmente y regresa al cigarro mientras observa a la muchacha volverse a la hornilla de queroseno sobre la minúscula encimera. Su pelo de color miel destaca sobre la camisa blanca y holgada, al parecer lo único que la cubre.

—¿Dónde puedo vaciarlo? —pregunta Eduardo después de ahogar la colilla en el vaso.

—Aquí —responde ella con voz cálida, señalando un cubo de plástico amarillo debajo del fregadero.

—¿Puedo usar el baño?

—Está allá afuera y es colectivo —advierte ella—. Tienes que bajar y seguir hasta el fondo. ¿*Number one* o *number two*? Si es *number one* y no te puedes aguantar, usa este cubo.

La mulata más deseada de la Facultad vuelve a indicar con gracia debajo del fregadero sin sifón ni bajante.

—Es para lavarme las manos. No me gusta la peste que dejan estos cigarros en los dedos.

—Ven, lávatelas aquí.

Eduardo se pone de pie y da un par de pasos hacia ella, vaso con cenizas en mano, mientras contempla el cabello leonado y las formas femeninas bajo la prenda de vestir. La muchacha, que parece perfectamente cómoda con la mirada insistente y el silencio, se da la vuelta y lo toma de la cintura. Él se ve de súbito sin vaso y acariciando por debajo del algodón las caderas, el torso y los pechos firmes.

La camisa vuela por encima del pelo. Los besos y mordiscos de Eduardo revolotean de la boca a las mejillas, al cuello perfumado, a los pechos canela y a los pezones en capullo, empinados y endurecidos. Sus manos se llenan de la redondez de las nalgas suaves y frescas, y de una enmarañada selva acuosa. Se arrodilla, pero ella le toma las manos y lo lleva a la mesa antes de subirse a esta, atraerlo suavemente por los hombros y reclinar el torso. En un orden caótico, Eduardo besa los interiores de los muslos, se deshace del pulóver y de un zapato, y saca una pierna de los pantalones. Ella se incorpora, hiende los dedos en el pelo de él, lo besa suavemente y lo deja caer sobre una de las sillas de hierro negro tapizadas en vinilo rojo. Se encarama entonces al asiento colocando los pies por fuera de los muslos de él. Agarrada al respaldar, empieza a cabalgar a un ritmo entregado, salvaje, que en nada alcanza una frecuencia frenética. Tan frenética que Eduardo cree perder ligeramente la visión.

—Sss —pronuncian bajito frente a los de Eduardo los labios ligeramente redondeados de ella.

Los dos permanecen inmóviles en un silencio escalofriante. Una llave ha entrado en la cerradura de la puerta, pero no puede abrir. La respiración entrecortada y el latido de los corazones impiden escuchar bien. Eduardo queda sorprendido por un estremecimiento interno seguido de un espasmo y se abandona sin remedio a un orgasmo. La muchacha lo desmonta para acercarse en puntillas de pie a la puerta. Él admira sus largos cabellos tendidos sobre los hombros morenos. Una fina hendidura recorre el centro de su espalda hasta una cintura que se curva lo justo para resaltar las caderas más sensuales. Entre los esculpidos muslos se estira hacia abajo un hilo de semen.

*****

Antes de llegar al rellano de las escaleras, Eduardo mira disimuladamente en varias direcciones y no ve a ninguna vieja china. Tampoco nota nada extraño en los bajos. En cuanto sale a la acera, su instinto de conservación le dice que apresure el paso sin volver la cabeza.

Pasadas un par de calles San Lázaro abajo, se cerciora de que no lo siguen y, solo por si acaso, dobla a la derecha en Soledad, a la izquierda en Ánimas, derecha e izquierda otra vez, y desemboca en Belascoaín, donde recibe de golpe la luz de una tarde que se le antoja estupenda para caminar y abandonarse al olvido. Bien podría esfumarse en uno de los cines de la zona, piensa mientras avanza hacia Zanja, pero solo quedan el Favorito y el Cuatro Caminos. Hace un par de años podía ir al Palace, al Wilson, al Edén, al Oriente, al Astor, al Miami o al Belascoaín. Mejor cruzar y bajar por San Rafael, donde tendría el Duplex y el Rex. O habría tenido. ¿Qué está pasando con los cines, que cierran sus puertas uno tras otro para entrar en una decadencia que termina irremediablemente en derrumbe? De las más de cien salas que solía ver en la cartelera queda como mucho una veintena.

Ganas no le faltan de tomarse una jarra de cerveza de seis pesos en la esquina, pero sigue su camino otro buen trecho hasta Galiano, donde siente a su izquierda la presencia del mar. Los rayos del sol inundan la intersección, abarrotada de mujeres que van y vienen, supone él que "de compras" aunque no se imagina quién podría desear los artículos burdos y de poca utilidad en las vidrieras. Había crecido oyendo nombres de tiendas como el Ten Cent de Galiano, El Encanto, Flogar, La Moda, La Época, Fin de Siglo, J. Vallés y El Bazar Inglés. Su padre lo llevó de niño a muchas de ellas para comprar sellos, un guante de béisbol, una camisa o un par de zapatos. Pero ahora mismo no sabría decir cuántas siguen abiertas. La Habana para Eduardo es un cementerio no solo de cines; también de tiendas, de teatros y de fábricas. La capital y la isla entera son un cementerio de esperanzas.

Lo importante ahora es perderse en el mar de gente que circula en todas direcciones por el bulevar de San Rafael, se dice mientras zigzaguea con rapidez entre cubanos de todas las razas y turistas con gorras y sombreros. Atraviesa al Parque Central, donde una decena de hombres discute de pelota alrededor de un banco de mármol a la sombra, y se adentra en Obispo. Por esta calle deja atrás un par de librerías, una fachada modernista, una farmacia y un par de bares. Luego bordea la Plaza de Armas por la izquierda sobre los adoquines de madera, brinca para el palacio del Segundo Cabo para disfrutar del frescor del portal y enfila hacia la Avenida del Puerto por una sombreada calleja.

De pie en las aceras y el pavimento, los clientes de un bar alzan sus frasquitos de bebida y sacan partido de la brisa que llega de la bahía. En cuanto Eduardo pone un pie en la acera, le sale al paso por la derecha la figura de un hombre con las manos detrás. Trata de apartarse de su camino, pero de inmediato recibe un agudo golpe en la ingle y se ve cara a cara con el victimario achinado. El gesto de Eduardo para protegerse del cuchillo ensangrentado le merece otra puñalada cerca del pulmón derecho. Lo asusta el ardor intenso. Entonces el filo del acero le abrasa la mejilla izquierda. Los bebedores se alejan como pueden del agresor, una sombra que se esfuma en dirección al puerto.

No ha habido tiempo para forcejear y defenderse. Eduardo se estremece y da unos pasos torpes apoyándose en la pared, que va manchando de sangre. La espantada atmósfera en el bar lo hace pensar fugazmente que tal vez las heridas sean de muerte. ¿Terminará sepultado sin remedio en esta sucia ciudad, justo cuando le queda tanto por hacer?, se pregunta mientras cae. No siente dolor, sino más bien un repentino bienestar, una sensación de quietud y ligereza. Sus cavidades internas agregan resonancia al golpe de la espalda contra el pavimento y sus ojos muestran a los curiosos una expresión de asombro en una mirada vacía.

Entre los mirones que se han agolpado alrededor del cuerpo tendido sobre la calle se oyen gritos despavoridos.

—¡Dios mío!

—¡Vaya cuchillada en el mismísimo estómago!

—¡Paren un carro, cojones, que se desangra aquí mismo!

Alguien ha detenido un Lada 1600 con matrícula estatal plantándosele delante en la Avenida del Puerto. Entre varios hombres cargan el cuerpo inmóvil de Eduardo. Mientras la sangre le burbujea en el costillar derecho, le llega fundida en una dulce luz una rápida sucesión de imágenes y pensamientos, como si el tiempo se dilatara o sus procesos mentales se dispararan. Entonces los sentidos se le embotan y sencillamente flota en un inmenso corredor grisáceo.

En el hospital clínico quirúrgico más cercano, la pálida figura de Hilda le asegura amorosamente que está muerto aunque el personal médico se obstine en resucitarlo. Él desea seguir en compañía de su madre, sumergido en aquella insólita dimensión, pero en medio del tranquilo abandono le llegan como un brutal zumbido metálico trozos de conversación: "neumotórax", "hemorragia", "drenaje".

Barcos en la noche

Son las diez y tiene hambre. ¿Podrá dormir o el estómago vacío lo desvelará? Debajo de la almohada, Faulkner y Quiroga. Coge el segundo. En el radiorreceptor de mesa Crosley de 1954 a su lado, sintonizado en la estación norteamericana WGBS, escucha a The Alan Parsons Project. La recuperación le parece milagrosa después de apenas cuarenta días, aunque continúe en reposo absoluto.

Tuvo la suerte de que lo atendieran en cuanto llegó al hospital. Le hicieron un chequeo, lo enviaron al quirófano de inmediato y pusieron fin a la peritonitis causada por la puñalada que le atravesó el colon. En los días siguientes empezaron a desfilar por la sala de recuperación familiares, amigos, vecinos y compañeros de estudio. Y a las dos semanas de cuidados en el hospital, con suero constante y curaciones frecuentes, le dieron el alta médica para que continuara el tratamiento en casa.

Pero está harto de tantas visitas. Cree que las adula con tan solo prestarles oído y que por eso se quedan tanto tiempo. Nadie se lo creerá, pero lo que más desea en estos momentos es incorporarse a la Facultad. Pronto será si la recuperación sigue a este ritmo.

Recorre con la vista la barbacoa. El casco de una máquina de escribir Underwood. El acondicionador de aire York que hace de mesita de noche. Un radiotocadiscos General Electric de tres velocidades, tipo consola, al parecer inservible, pero con mueble de madera noble. Sobre el tocadiscos, un ventilador soviético de plástico que, junto con el Crosley, parece ser lo único que funciona allí, aunque solo en una de sus tres velocidades y con un aspa de aluminio que Ángel le ha fabricado.

Su padre repara estos trastos poco a poco y como mejor puede para buscarse unos pesitos. También ha colgado arriba en vez de en la cocina una ristra de ajos para que nadie se vaya a antojar. "Los ajos están perdidos en La Habana", fueron sus palabras cuando se apareció con ellos. Ahora mismo ve un discurso de Fidel en el televisor en los bajos. Desde la cama individual en la barbacoa, Eduardo lo oye protestar y se lo imagina dándose un trago de alcohol con cada pausa en sus comentarios de disconformidad. A veces puede oír el sonido del vaso que se posa sobre el hule o el granito. Siente que, excepto durante estas largas semanas de convalecencia, ha coexistido, pero no convivido con su padre. Y esto le deja un mal sabor de boca. Su aparente falta de afecto como hijo lo incomoda, sobre todo ahora que Ángel ha dejado de trabajar y está hecho un enfermero consagrado.

Del viejo Crosley emerge la voz de Barry Manilow, que habla de un amor cómodo por distante y de dos barcos que pasan en la noche. Eduardo dirige la vista hacia las tablas del techo, que descansan en sentido transversal sobre vigas de madera separadas dos palmos una de otra y que a su vez reposan sobre un tablón empotrado en la pared. La armazón en su conjunto se le antoja un bote con la quilla hacia arriba.

Bellezas de guardia

Hoy el "oficial de guardia" se supone que sea el profesor de Latín, pero ha llamado y no vendrá porque tiene a su hija enferma. Eduardo ha reportado a "Guarnición", acaba de cerrar por dentro la puerta principal del edificio y se tumba sobre un banco de madera cerca de la entrada, arropado por el silencio vacuo de la madrugada en el lugar más concurrido de la Facultad durante el día.

La guardia estudiantil de obligado cumplimiento le toca más o menos cada dos meses por estricta rotación. Entiende que es uno más de los pequeños actos que contribuyen a hacer de Cuba un país seguro y organizado, pero también es una piedra en su zapato. Una de tantas que jalonan su existencia. ¿Cuántos cientos de guardias habrá hecho en su vida? ¿Cuántas más le quedarán? Antes de terminar de hacerse esta segunda pregunta, una extraña excitación viene a recorrerle el cuerpo. Es el silencio el que le tiende estas tretas, piensa mientras se pone de pie para dirigirse a los lavabos.

Se le ocurre entrar al de las mujeres, donde el rosado de los azulejos se transustancia al instante en los senos de Míriam. No termina de acariciarlos y ya le muerde los muslos a Elena, para luego acariciarle las nalgas a la culoncita de Secretaría. Sumergidas en una vorágine de placer, las caras de estas bellezas enrojecen, sus labios se dilatan y reclaman los besos de Eduardo, que se contrae de perfil frente al espejo, con la cicatriz horizontal de cinco centímetros que le llega al ala nasal orientada hacia las puertas semiabiertas. La inescrutable profesora de Semiótica se le derrite con cada obscenidad que él le susurra. La vietnamita de primer año grita de gozo y desata una fuerza indomable. Reciben sus embestidas Ana, Cristina, la novia de Esteban y la sofisticada decana, que se ve generosamente atendida en la concavidad de una palma de mano.

Boca Ciega

Al volver a recordar el incidente del día anterior en Centro Habana, Ángel salta de la silla como un resorte, empapado en sudor. Piensa un instante en la fiesta en la playa a la que lo han invitado. Quizás pueda quedarse un día o dos fuera de la ciudad para calmarse y trazarse un plan para desaparecer del todo.

Sube y se refresca por fuera con un cubo de agua y un jarro.

Sentado de nuevo a la mesa frente al *Granma* del sábado 6 de agosto de 1994, "Año 36 de la Revolución", se refresca por dentro con la cervecita que compró en un bar clandestino. No le resulta difícil encontrar la programación especial para el fin de semana de los dos canales televisivos en el diario de igual número de páginas: retransmisión del acto de apoyo a la Revolución en La Punta denominado "De por vida con Fidel", comparecencia del Comandante en Jefe en el programa "Hoy Mismo", resumen de las honras fúnebres en la Plaza de la Revolución y en Guantánamo del teniente asesinado durante el segundo secuestro de la lancha *Baraguá*, resumen de las actividades de Fidel durante su visita a Colombia, transmisión de la despedida de duelo en Mariel y homenaje póstumo del pueblo camagüeyano al teniente de navío.

Cerveza en mano, cierra el periódico. En primera plana Fidel recalca que la responsabilidad de la emigración masiva que inevitablemente se producirá recae por entero en Estados Unidos. Viejos actos y viejas palabras intentan justificar una situación que Ángel ya ha vivido en ciclos anteriores del centrifugado. Los pensamientos se le escapan a la historia reciente de la familia. No recuerda lo que quería para él y para sus hijos. Se ha perdido en la larga búsqueda, pero no acepta su suerte. La prioridad es lograr que los tres puedan reunirse y cuidarse juntos, sobre todo ahora que Emilia se ha divorciado y probablemente no esté pasando por un buen momento. Tal vez este nuevo revolico en las costas sea la ocasión propicia para salir de la isla de una vez y por todas antes de que le empiecen a fallar las fuerzas. Lo bueno que tiene esto es lo malo que se está poniendo, se dice mientras apura la cerveza y se pone de pie.

Mientras continúa maquinando, le sirve a Mafuco un platico con agua fresca a un costado de la escalera. Si tiene que empezar a soltar lastre, cree tener un refugio para el cachorrito con el niño y la madre divorciada en el fondo del solar, que el otro día parecían dispuestos a llevárselo.

*****

Cuatro parejas mueven el esqueleto al ritmo de música grabada de la Orquesta Revé. Como parte del baile, un mulato ataca con violentos movimientos de cadera la zona genital de una veinteañera de piel muy blanca y pelo corto, decolorado.

—Creo que le has caído bien a la gordi.

Ángel, cuya mirada acaba de recorrer las paredes con humedades de la sala para quedar fija en el techo descascarado del portal, no responde de inmediato a las palabras de Migue.

—¿Te dijo algo ella? —articula finalmente con cansado retraso.

—No, pero tampoco hace falta. Cuidado, que ahí viene.

Nada más llegar al desvencijado sofá de mimbre, la muchacha se acomoda en el extremo de Ángel con un "*échatumpócopallá*".

—No sé *quéjloquelehaentráoaéjta* —suelta a continuación, señalando con la cabeza hacia la del pelo decolorado, que acaba de apresar entre sus brazos el cuello del mulato y, con el torso adherido al de él, despega sonriente los pies del suelo.

—Tiene bastante, ¿eh, nagüe? —articula Migue con un retintín malicioso mientras ofrece un cigarro a su amigo.

Ángel lo enciende y ve acercarse a la prima miamense de Migue, de unos treinta años, delgada, morena y con el pelo teñido de negro. La mujer viene a sentarse sobre el apoyabrazos del sofá para, inclinada sobre la "gordi", gritarle al oído.

—Le dije en jarana a Carmen que me había acostado con la mitad de los hombres que hay aquí y dice que se los va a echar a todos hoy.

—*¿Quéjloquelehaentráo?*

—Entre tú y yo, está empastillada.

La prima de Migue se vira hacia Ángel. Apenas le pregunta si no baila, cuando se ve obligada a dejar con él un vaso alto de calamina granate porque un delgaducho amanerado la toma de las manos para llevársela a bailar.

Ángel coloca el vaso entre sus pies en el suelo y le pega un lingotazo al vino tinto en su jarrito de esmalte azulenco desportillado. Entonces busca la mirada de solicitación de la tal Carmen, que durante el baile ha lanzado un par de farolazos hacia el sofá. La música deja de sonar y se comenta que la muchacha ha entrado con el mulato a uno de los dormitorios.

Mientras el chismorreo y las sonrisas de complicidad se extienden por la casa, Ángel observa a la prima de Migue sentarse en el murito entre portal y jardín, juguetear con un paquete de cigarros y acomodar un muslo desnudo sobre el otro. Tiene un sorprendente parecido con Mireya: las mismas piernas largas y bien torneadas, los senos pequeños y los labios misteriosamente sensuales. Cuando logre el contacto visual con ella, Ángel piensa levantar las cejas y hacer una mueca que exprese una suerte de pésame por estar a cargo de todo: es ella quien ha alquilado la casa en la playa y comprado en dólares lo que se come y se bebe allí. Así instaurará entre los dos una placentera complicidad. Lástima que los muslos pasen ahora a una postura más reservada. Más se perdió en la guerra, se consuela antes de beber largamente del vino y devolver a su sitio en el suelo el jarrito con poso.

Vuelve la música con una de las canciones de moda de los Van Van. Varias parejas forman un círculo y empiezan a realizar calcos simultáneos de figuras de baile. Las "ruedas de casino" son para Ángel un mundo aparte que nunca ha entendido. La secuencia de pasos en el lugar le parece sencilla, pero los ágiles giros de los bailadores mientras se desplazan de un sitio a otro lo marean de tan solo mirar. Uno grita "mentira" y todos anulan la última orden como si se rebobinara una película; luego dice "doble" y todos repiten el paso. Ángel se maravilla de que, en cuestión de minutos, gente que probablemente ni se conozca se entienda a la perfección por obra y gracia del baile.

Se siente algo atontado con la mezcla de bebidas, el hambre y las complicadas vueltas bajo arcos que los brazos forman y rompen a una velocidad vertiginosa. Viene a espabilarlo la palmada colectiva con que los bailadores acompañan un paso firme al frente siguiendo la instrucción de matar la cucaracha. Entonces ve entrar por la puerta principal a tres adolescentes con dos muchachas de maquillaje abigarrado. El quinteto recibe invitaciones a ir a la cocina y servirse bebidas justo en el momento en que Carmen sale de la habitación, cabeza erguida y cigarro en boca. Mesándose el pelo, saluda con afecto a los recién llegados y se le engancha por la cintura al rubio corpulento en el grupo mientras el mulato sale de la habitación con su peinado afro descoyuntado.

—¡Miren! ¡Les han cogido la delantera! —chilla la gordi para llamar la atención de dos jóvenes hacia la entrada de Carmen y el rubio al cuarto tomados de la mano.

Ángel sale al portal, desde donde ve a Migue caminar despacio, vaso en mano, por el césped. La noche estrellada y de una brisa fresca se le antoja más apropiada para charlar y disfrutar de un trago con un amigo que para martirizarse con el calor, la música a todo volumen y los excesos de unos jóvenes descerebrados.

—¿Te costó trabajo encontrar la casa? —le pregunta Migue.

—No. La dirección que me diste estaba clara.

—Pues, compadre, a mí se me pasó la parada y tuve que caminar un montón. Casi desde Guanabo. Pero aquí estamos. No siempre se puede disfrutar de una casa en la playa, ¿eh?

—La verdad es que no. Hace una hora me estaba asando en La Habana y mira ahora el fresquito que hace aquí. Un vacilón.

—Hablando de la poma, ¿no has oído que la cosa está que arde? Ayer la gente se lanzó a la calle en Centro Habana.

—¡Coño! Si es que todavía no te he contado nada. Ayer da la casualidad que pasé por La Punta y aquello estaba en candela.

—¿Y qué bolá? ¿Qué fue lo que viste?

—¿Qué vi? Primero a un montón de chamacos, y no tan chamacos, en bicicleta y a pie, que salían de todos lados y gritaban "Libertad", "Libertad", "Abajo Fidel". Los carros que pasaban por el Malecón los apoyaban tocando el claxon. —Las mejillas de Ángel se van enrojeciendo—. Y en eso llegaron unos camiones con unos tipos bien macizos que, en cuanto se bajaron, le partieron para arriba a palo limpio a todo el mundo. La gente no se medía: gritaba "¡Vendidos!" y les tiraba piedras. Dicen que en el Parque Maceo también hubo jaleo, que los BTR blindados dispersaron a la multitud con chorros de agua y que había una antiaérea orientada hacia los balcones. Imagínate cómo tienen que haberse sentido los que viven en esos edificios, con los militares en su calle, apuntando contra sus casas.

—¿Y tú qué hiciste?

—Compadre, no te puedo decir que me enredé con la policía, pero sí grité bien alto con la gente y empujé un contenedor de basura frente al hotel Deauville para bloquearles el paso a los que perseguían a los muchachos. —Ángel recobra el aliento antes de continuar—. Luego me fui a buscar la 20 para terminar un trabajito que había dejado a medias. Pero la marabunta siguió para Centro Habana y destruyó las vidrieras de cuanta tienda de dólares se encontró por el camino.

—¡Aquello tiene que haber sido grande! —exclama Migue—. Al hijo de un vecino lo arrestaron y lo llevaron a una estación de policía en Jaimanitas porque las de Centro Habana y La Habana Vieja estaban a tope.

Hacia el mediodía, cuando Ángel tuvo que interrumpir la reparación de una bomba de agua en el Vedado para ir a buscar una terraja, le llamó la atención que en el parque de 25 y C se estuvieran organizando en bloques compactos varias decenas de hombres. Unos tipos fuertes, como los que vio después en el malecón. Llevaban el pulóver blanco con rótulo rojo del contingente de constructores Blas Roca

Calderío. Y palos y cabillas en las manos. Le cuenta la anécdota a Migue, que escucha con atención y añade:

—La cosa tiene que estar bien fea cuando ya ni el *Granma* se anda con tapujos.

Ángel sabe bien de qué le hablan. Viene siguiendo los sucesos en la prensa, en conversaciones callejeras y en persona. El más alarmante ha sido el de la madrugada del 13 de julio, cuando cerca de setenta personas se llevaron del puerto de La Habana un viejo remolcador con el fin de irse del país. Perseguido, embestido y atacado con chorros de agua por tres embarcaciones, el remolcador zozobró a menos de diez millas de la costa. El saldo: treinta y siete muertos, entre ellos diez niños. Justo el 26 de julio, fecha de celebraciones oficiales, otro grupo secuestró la lancha de pasajeros *Baraguá* en la Bahía de La Habana. Días después se produjo un secuestro similar, esta vez de *La Coubre*, que realizaba su travesía habitual con más de ochenta personas a bordo. Luego sustrajeron por segunda vez la lancha *Baraguá*, en el incidente murió aquel oficial y las autoridades capturaron a los secuestradores porque se les agotó el combustible. El gobierno reforzó la vigilancia en el Muelle de Luz, cambió las paradas de los autobuses que pasaban por la Avenida del Puerto y suspendió el transporte de pasajeros en la bahía. Cientos de habaneros pululaban a todas horas por la zona y, como acaba de decirle a Migue, ayer arremetieron contra las vidrieras de las tiendas.

—Pero todavía no te he dicho lo peor.

—¿Cómo? ¿Hay más?

—Mira, muchacho —vuelve a la carga Ángel—. Esta mañana enciendo el televisor y adivina lo que veo. O, peor aún, a quién veo. ¡A mí mismo empujando el contenedor! Tengo el presentimiento de que me van a hacer talco si regreso al barrio. Ojalá pudiera quedarme a dormir aquí esta noche, aunque sea en el techo de la casa. Si no, en una silla de salvavidas o incluso en la arena. Aunque me acribillen los mosquitos.

—Te entiendo, hermano.

—Lo que quiero ahora mismo es esfumarme. Y más me preocupa Eduardito. Ese muchacho se me va a montar en una balsa con el peor elemento cuando menos me lo espere. Me tiene que no duermo. Te juro que daría cualquier cosa por sacarlo del país. Como sea porque, si no, él se va a dejar llevar por su mala cabeza.

—Te entiendo perfectamente. Escucha esto ahora. Pensándolo bien, ya que te has franqueado conmigo, y por eso las cosas hay que hablarlas entre amigos, existe una posibilidad que yo mismo he estado valorando, pero para la que no me llega la pasta.

—¿Y cuál es esa posibilidad, si se puede saber?

—Que quede entre tú y yo.

—Tranquilo.

—¿Recuerdas que el día del entierro del Papa nos dimos unos buches con Castillo en el Malecón?

—Cómo no me voy a acordar.

—No sé si sabes que vive en Santa Fe y que tiene un botecito de pescador.

—No, no lo sabía.

—Pues, mientras tú te fuiste a caminar solo por ahí ese día, me dijo que quería vender el bote en cinco mil dólares, pagables lo mismo a él que a su hermana en Barcelona, que lo ha reclamado y se lo lleva a España. Al grano: si tu hijo y tú ponen tres mil quinientos entre los dos, yo garantizo los otros mil quinientos y nos piramos los tres en ese botecito, que está bien cuidado. Estas oportunidades se dan una sola vez en la vida, mi hermano. Eduardo ya está recuperado de la operación, ¿no?

—Entero, gracias a Dios. Pero, Migue, ¿de dónde voy a sacar yo esos dólares si no tengo ni dónde caerme muerto?

—Olvídate del dinero por el momento y dime qué te parece el plan. Lo que creas, sin lío. El dinero pon que tu hija lo resuelve. Si quiere sacarlos a ustedes, removerá cielo y tierra para buscarlo. Luego ustedes se lo devuelven cuando empiecen a trabajar.

—La verdad es que, así como lo pintas, parece perfecto. Pero no sé si Emilita puede conseguir esa cantidad. También tengo que sentarme a hablar con Eduardito de padre a hijo, o de hombre a hombre.

—Tú tranquilo, compadre. Haz lo que tengas que hacer y volvemos a hablar el fin de semana que viene. Pero, fíjate tú, la casualidad, o la mano de Dios o como lo quieras llamar, ha querido que ahora mismo esté aquí mi prima, que es de absoluta confianza y pronto regresa a Miami. Ella puede hablar sin lío con Emilia, cara a cara. Lo único que hace falta es que tu hija le pase a la hermana de Castillo la pasta y ya estamos cruzando el charco. ¡Con un bote en condiciones y no una balsita pendeja!

—Luego me presentas a tu prima.

—Ningún problema —tranquiliza Migue a su amigo mientras lo lleva hasta el medio de la calle sin tráfico—. En estos días yo iré forrajeando gasolina y otras cosas que se necesitan. Nosotros tres y nadie más, ¿OK? Asere, yo no me fío ni de mi sombra para una cosa como esta, pero tú eres mi hermano. No me falles. ¿Trato hecho?

—Hecho.

—Y "en silencio ha tenido que ser", ¿OK?

—"Porque hay cosas que para lograrlas han de andar ocultas. Y de proclamarse en lo que son levantarían dificultades demasiado recias para alcanzar sobre ellas el fin" —expande Ángel con orgullo la cita martiana.

—Así mismo.

El pacto se cierra con un apretón de manos.

—Y ya nos estamos preparando —agrega Migue con el tono de un maestro de escuela, un destello de entusiasmo en los ojos y el rostro orientado hacia la bóveda celeste—. Las estrellas nos van a guiar de noche, pero lo primero que tenemos que hacer es buscar una constelación fácil de ubicar, como la Osa Mayor. ¿Puedes ver en el cielo una figura de arado o sartén?

—Aquella, ¿no?

—Exacto. Fíjate, ahora que el cielo está despejado. Si dibujas una línea imaginaria entre las dos estrellas más brillantes delante de la sartén, y la alargas unas cinco veces, allí tienes la estrella Polar. Esa es la que necesitamos si no podemos conseguir una brújula. ¿No te queda nada en el vaso? Vamos para adentro.

En el instante en que los dos hombres entran en la sala, se abre una puerta interior y, con un cigarro sin encender en la mano izquierda, ligera de ropas y usando los zapatos como chancletas, sale pavoneándose Carmen. A los ojos de Ángel es cada vez más translúcida: su piel deja ver unas venas verdes en los brazos y las piernas. La muchacha se detiene un instante frente a dos morenos que conversan de pie en una esquina e intercambia unas frases con ellos antes de continuar hacia la cocina. De regreso, con una sonrisa y el cigarro encendido entre los labios, les echa los brazos por la cintura, se los lleva a la habitación y la puerta de color verde botella se cierra de un tirón detrás del trío.

Con los ojos enchumbados en embriaguez, Ángel calcula que la blancota se haya pasado por la piedra a cuatro hombres en menos de una hora. Entonces se detiene a pensar en lo rápido que él mismo ha cedido a la propuesta de Migue. No cree que se trate de un engaño. Su amigo solo querrá resolver sus propios problemas. Y él es consciente de que no podría encontrar mejor compañero de travesía en toda la isla: aparte de saber navegar, Migue es discreto, inteligente y sigue un código de honor poco común en los tiempos que corren.

—¿Quiénes faltan? ¿Tú? No, tú ya has ido. Y tú también.

El amanerado se complace en organizar una cola. Ángel recuerda que, si fuera a regresar a La Habana, debería irse mientras haya servicio de guaguas. Pero está decidido a quedarse en Boca Ciega, al menos esta noche. Y, si pudiera, todo el fin de semana. Lástima no poder salir en el bote de Castillo directamente desde aquí mismo.

—¿Y tú?

Migue se apunta en la cola y, por salir del paso, Ángel conviene en seguirlo si la máquina fornicadora así lo desea. ¿Cómo pueden esos muchachones llenos de juventud salir derrotados del cuarto, darse las manos sonrientes y gritar "¡Candela!", "¡Ño!" y "¡Uf!" con tan pasmosa facilidad? Lo último que a él se le ocurriría en estos momentos sería comer donde ya ha picado tanta gente, pero ¿quién sabe si es él quien a sus cincuenta y cuatro años tiene que venir a taparles la boca a todos con una actuación ejemplar, y como botín de guerra hacerse con un techo y una cama? El rey del mambo. ¿Estará a la altura de las circunstancias a su edad, con dos varas de hambre y la mente arremolinada?

Minutos más tarde, tras presenciar la entrada de Migue a la habitación, Ángel vuelve a salir al portal, lanza a la calle otra colilla y se pregunta si Emilita habrá ido a fiestas de este tipo en su juventud o al principio de su prometedora carrera como profesora. Ya es una mujer casada —y divorciada, se corrige—, pero vaya usted a saber. ¡El tesón con que Hilda intentó enseñarle tantas cosas! ¡La fantasía que derramó sobre tantos sacrificios! ¡Las buenas amigas que pudieron haber sido! Intenta imaginarse cuánto habría cambiado su vida si se hubiera ido no ya por Mariel con Mireya, sino por Camarioca en el 65, cuando su cuñada vino para llevárselos a todos. Hilda dio la respuesta que creyó más conveniente porque sabía que estaba sentenciada con aquel maldito cáncer de pulmón y no quería ser una carga para su hermana. Los médicos tenían fe en un tratamiento con un anticuerpo que iba directo al tumor, pero Ángel no encontraba a la mujer de unos meses atrás en la paciente cadavérica, con la cabeza rapada y todos aquellos tubos. Calmada, pero consciente, la pobre no se perdió ni un detalle de su propia agonía. Hasta que dejó de reconocer a sus hijos y empezó a gritar groserías, a quitarse la ropa, el suero y el oxígeno. Quizás por el bien de todos, en un mismo día empezaron a fallarle los órganos uno tras otro y se apagó por completo tras un último y estentóreo aliento.

—Psss.

La música ha dejado de escucharse y las miradas se vuelcan sobre Ángel, que instintivamente baja el escalón del portal al césped.

—¿Adónde vas? —grita la gordi.

—Ahora vuelvo. Voy a dar una vuelta —responde él con desazón.

—Psss.

Ángel decide apresurar el paso y, en cuanto oye que alguien hace lo mismo detrás de él, echa a correr.

Confidencias

Ángel le quiebra la cabeza al tabaco Reloba con la uña del dedo gordo y termina de despuntarlo con los dientes. Lo observa un instante, se lo lleva a la boca, lo muerde y le acerca en ángulo recto la llama de un fósforo. El encendido le parece insuficiente, por lo que sopla con suavidad y gira el cilindro hasta que el ascua brilla uniforme en todo el extremo circular. Además del Reloba y la caja de fósforos familiar, ha traído para la guardia del Comité de Defensa de la Revolución un jarro de aluminio con toda una colada de café. Su hijo se conforma con un libro y el radio portátil Meridian.

—Nada más empezar en este otro trabajo en el museo me pusieron una guardia. ¿Y qué estoy haciendo hoy domingo? Adivina. Así se me va la juventud y la vida.

Ángel quiere ir a "la zona", el local donde se firma el registro de la guardia, para dejar constancia e irse a dormir. Por ahora retiene el humo de la calada y escucha a Eduardo desahogar su frustración y desilusión con todo. La ceniza del artefacto, larga y firme hasta ahora, acaba de caer por su propio peso. Ángel aspira un par de veces, pero el tabaco se ha apagado. Lo sacude, le quita la ceniza restante con una uña y lo vuelve a encender.

—¿No viniste tú de Caibarién a La Habana para progresar? ¿Qué posibilidades tengo yo de ahorrar dinero como "analista en apreciación cinematográfica" para comprarme una casa y fundar una familia? Incluso si me metiera en negocios sucios y me montara en el dólar, van a seguir quitándome la luz por las noches y dándome un pancito al día, sin mantequilla, sin leche.

En ese momento se oye como un trueno en el receptor soviético la voz profunda del locutor: "*Fifty thousand watts of music power... K, double-A, Y... Little Rock*".

—Baja un poco el volumen —interviene Ángel—, que la coja de Vigilancia puede estar escuchando por esas persianas. Ven, vamos a mover el campamento.

Padre e hijo se levantan para ir a sentarse al escalón de la bodega, lejos de donde los puedan escuchar; del "ejército fantasma de chivatos trepadores", como acaba de llamarlos Eduardo, que sigue con su diatriba:

—Esa coja seguro que no se lo piensa dos veces para dar una mala opinión de nosotros con tal de ganarse unos puntos y agenciarse una casa en un barrio mejor, la muy rastrera.

Ángel asiente. El sabor del tabaco se le va haciendo más amargo y punzante a medida que se reduce al último cuarto. Fumar es uno de los pocos placeres que le quedan en esta vida, piensa mientras le da vueltas al mocho en la mano.

—Porque esto es lo que ha hecho el sistema con los años: virar a todo el mundo en su contra. Y todo el mundo somos tú y yo, que podemos caer en sospecha por no aplaudir bien alto, por faltar a una reunión, o por hacer cualquier comentario o chistecito crítico.

El muchacho hace una pausa brusca y observa a su padre unos segundos.

—Déjame echarle unas pataditas.

—No, que te hace daño. Deja eso para los viejos. Además, lo que queda es un mocho lleno de saliva.

—No importa. Todo lo que a mí me gusta es inmoral, ilegal o va en contra de los principios de la Revolución. Dámelo acá un momentico.

Ángel accede. En cuanto Eduardo le da la primera calada al tabaco, se lo retira de la boca y le da unos toques con el índice.

—El tabaco no hay que golpearlo constantemente como un cigarro para sacudirle la ceniza. Ya se caerá sola. Si se apaga, entonces sí: se la quitas toda para que no te cueste trabajo encenderlo.

*****

Eduardo vuelve a fumar y, mientras exhala el humo, le pasa el mocho a Ángel. No va a quejarse más. Está listo para la acción. No tiene nada que perder salvo las cadenas. Todo debe cambiar como parte de la transfiguración del universo. Impermanencia. Le agrada que en la quietud de la madrugada le vengan a la mente con facilidad ideas y palabras de Marx, Engels y hasta Buda. El hecho es que se siente como el héroe a punto de lanzarse a una aventura mitológica en la que abandonará el mundo conocido para enfrentarse a fuerzas fabulosas. Sabe que esta hazaña suya no será para regresar victorioso y salvar a sus coterráneos, sino tan solo un billete de ida a su mejoramiento personal. Ningún problema con ascender a los cielos para hacerse con una modesta lumbre para el resto de sus días. Se contentará con escapar de entre las rocas del comunismo y arrebatarle al menos un pelo al vellocino del "norte revuelto y brutal".

*****

—Una cosa está clara: yo tengo que irme de este país, pero no quiero dejarte solo —Eduardo le suelta en un susurro a su padre.

—Todo llega, mi hijo. No hay que desesperarse. Para que veas lo que son las casualidades, ¿te acuerdas de Migue?

—¿Cómo no me voy a acordar? Si no me hubiera prestado dinero para tu fianza, quizás seguirías guardado en 100 y Aldabó.

—Habla bajito, que aquí las paredes tienen oídos. Pues resulta que un conocido suyo está vendiendo un botecito de pescador...

Los ojos de Eduardo se han abierto como platos al escuchar la palabra "botecito".

—¿Y eso qué tiene que ver con nosotros?

—Si estás tan desesperado...

Ángel deja sin terminar la oración y echa un vistazo a lo que queda del Reloba, que amenaza con volver a apagarse. No va a fumar más de él, pero tampoco lo aplastará contra la acera. Que tenga la muerte digna que se merece tras obsequiarlo con tan grata compañía. Lo apaga dándole unos golpecitos con la uña del dedo mayor y lo deja descansar en la ranura para el agua bajo la puerta metálica de la bodega. Ahora es él quien mira fijamente a su hijo.

—Vámonos para la casa y allá te cuento.

Ya es oficial

Si Estados Unidos no toma medidas rápidas y eficientes para que cese el estímulo a las salidas ilegales del país, entonces nosotros nos sentiremos en el deber de darles instrucciones a los guardafronteras de que no obstaculicen ninguna embarcación que quiera salir de Cuba.
(Fidel Castro Ruz, televisión cubana, 5 de agosto de 1994)

A remar

Cae la tarde del sábado 13 de agosto de 1994 y la costa norte de la isla parece recibir con halagüeña complacencia a quien quiera aventurarse. Por Cayo Guajaba, en el este, acaban de hacerse a la mar once personas, entre ellas dos menores. Por Carbonera, diez; por Santa Cruz del Norte, seis; y doce por Bahía de Guadiana, casi en el extremo occidental de la isla.

En la barriada capitalina de Santa Fe, donde ya no queda ni rastro del aguacero de hace tan solo media hora, la marea vuelve a subir y regresan a tierra los familiares y amigos que, durante la despedida en la segunda bajamar, se aventuraron hasta el islote a unos cien metros de la costa. Una de las embarcaciones está compuesta por cuatro cámaras de neumáticos alrededor de un tanque metálico sellado y una lona de camión militar a modo de cubierta. Otra, por bloques de poliespuma con armazón y plataforma de madera. Entre los artefactos flotantes de los llamados "balseros" también hay un techo de tractor montado sobre tubos de regadío, y un espartano par de cámaras atadas con sábanas a un palé.

Bajo las nubes de patrones espléndidos, nacaradas con la iluminación rojiza del sol en el horizonte, Ángel y Eduardo avanzan lentamente sobre la arena hacia donde Castillo guarda su bote de pesca. Lo han ido avituallando con víveres para las varias jornadas que podría extenderse la travesía y dos machetes que utilizarán en caso de abordajes no deseados. Ángel va delante, en pantalones claros y pulóver de poliéster con estampado de colores tierra y vino. Eduardo lo sigue en bermudas, sandalias artesanales y una camisa de hilo blanco y mangas largas. Observan subrepticiamente a gentes de todas las edades que se encaraman sobre sus garabatos navales y empiezan a bogar eufóricas, como si iniciaran un juego. Hay quien lucha por subirse a una balsa en medio del barullo y también quien lucha por impedírselo. A unos los aplauden por su destreza. A otros los abuchean por dar vueltas en el mismo sitio. Unos lloran, otros gritan y otros observan curiosos el espectáculo. No falta el chiste ni el trago de ron, y a unas mujeres en la estrecha franja de arena se les escucha cantar:

A remar, a remar, a remar
A remar, a remar, a remar
A remar, a remar, a remar
Que la virgen de Regla los va a acompañar

A veinte metros de Ángel y Eduardo, una figura con sombrero de guano calado y mangas largas se levanta de un cubo boca abajo, entra en una caseta de zinc y reaparece junto a una quilla de madera.

*****

Las verdosas aguas adquieren un color azul oscuro primero y luego negro azulado a medida que el bote de dos metros y medio de eslora por uno de manga, con motor Johnson de cuatro caballos de fuerza, se adentra en el mar y la noche.

Eduardo es el primero en sustituir a Migue a los remos. Se esfuerza en silencio sin la certeza de si huye o si lo han expulsado. Junto con el litoral habanero deja atrás la red de limitaciones en la que había quedado atrapado con treinta y dos años en las costillas. Su padre parece turbado por el bamboleo; Migue, alegre de haber zarpado después de las seis de la tarde para evitar en lo posible el sol.

—Es mejor esperar para encender el motor —indica Migue al pasarles por el lado una balsa a motor y vela con una decena de personas y un perro a bordo—. La gasolina que he podido conseguir debe darnos para más o menos un cuarto de la travesía. Por ahora lo único que tenemos que hacer es alejarnos de la costa.

—A que no saben quién cumple años hoy —dice Ángel tras un breve silencio.

—¿Quién?

—El Fifo. ¿No les parece un buen regalito esta salida?

—El mejor regalo que el pueblo puede hacerle es dejarlo solito en su isla —remata Eduardo.

*****

A unas seis millas de Santa Fe, Migue anuncia que la navegación costera ha llegado a su fin y que a partir de ahora se guiarán por las estrellas para seguir avanzando. Eduardo intenta abstraerse de las prolijas explicaciones sobre el uso combinado de la hora y la altura de los astros sobre el horizonte, pero presiente que le costará aguantar al compañero de trabajo de su padre. Desde que lo conoció en el taller automotriz hace más de diez años, le ha parecido bastante alocado. Y ahora, lo que faltaba: autosuficiente. Pero sabe que su padre no se embarcaría —y mucho menos lo embarcaría a él— con un loco cualquiera. Solo espera que, con cuarenta y tantos años, Migue no sea el tipo de persona que se lanza a una empresa como esta sin conocimientos y preparación. Y que su alarde no sea una máscara que oculta ignorancia.

*****

El agua rompe en una espuma ladina contra el casco del bote, que avanza en un rumbo entre el este y el estenordeste a razón de dos millas por hora.

—¡Abajo Fidel! ¡Abajo el comunismo! —gritan entusiasmados cuatro jóvenes en una balsa de poliespuma, cámaras de neumáticos recubiertas con tela, una barra de agarre y una vela destrizada.

—Nos vemos en el Yuma —les sigue la rima Migue.

—Patránipacogélimpúlso, nagüe —responden.

—¡Que haya suerte! —grita Ángel con una mano en alto.

Acto seguido, elogia en voz baja la precaución que ha tenido Migue de mantener el bote prudentemente alejado de la balsa. Por último farfulla que el motorcito solo ya es una tentación.

Eduardo, que ya no puede avistar ningún punto sólido en el horizonte, cree que aquello ya no es el Caribe, sino puro Océano Atlántico, la importante vía de comunicación y comercio mundial que le enseñaron en sus estudios secundarios. La idea de que todos los océanos se comunican entre sí debajo de un botecito de madera donde apenas se pueden posar las nalgas le sugiere la posibilidad de que Migue no haya enfilado un buen rumbo, lo cual sería un error difícil de corregir, tal vez fatal. El pánico se le afianza como un parásito en el cerebro en cuanto se imagina el relieve submarino. No puede acomodar el desasosiego porque no tiene forma de saber ni cuándo ni cómo terminará la odisea. Para colmo de males, el calor de la tarde se está disipando, y falta poco para que caiga la noche y lo envuelva todo. Se baja las mangas y se abrocha el botón del cuello chino de la camisa. Luego se frota y sopla las manos. Quisiera dar unas paditas contra el casco del bote para quitarse el frío de los pies expuestos en las sandalias. Necesita moverse para que le aumenten la circulación de la sangre y el calor del cuerpo.

*****

Segundo amanecer de la travesía. El mar resplandece y sobre él no se avista nada en millas a la redonda, excepto un cielo de sedosas y discontinuas hebras blancas, que luna y sol comparten armoniosamente.

—Déjate mecer con el bote —rompe el espeso silencio Migue dirigiéndose a Ángel, que ha vomitado y lo observa con desesperanza.

Después de sacar del bolsillo de su camisa de trabajo una caja de cigarros Populares y una fosforera, bien envueltas las dos en una bolsa de plástico, agrega:

—Aprovechen para fumar ahora si quieren, antes de que encienda el motor.

A Eduardo le duelen los músculos por el esfuerzo y la humedad, pero continúa remando, temeroso de que yerren a merced de la corriente y se desvíen hacia México o Europa.

*****

Es mediodía, las nubes son escasas y el bote mantiene un rumbo estenordeste a unas tres millas por hora. A Ángel se le han agarrotado los brazos y las piernas. Lleva demasiado tiempo en la misma posición incómoda y no sabe qué es mejor, si la noche o el día. De noche no puede ver nada, se siente desorientado y recela todo tipo de peligro, pero de día el calor lo achicharra. Nadie en su sano juicio se expondría más de media hora al solazo que los castiga. Sencillamente no tienen dónde meterse. Él ya se habría quitado su pulóver sintético si Migue no lo hubiera disuadido enseguida de la idea.

*****

Migue ha dicho que les quedan unas cuarenta de las noventa millas para llegar a Cayo Hueso. Según el estudio apresurado que antes de salir pudo hacer Eduardo, del cayo a la península hay otras noventa, que él espera no tener que remar.

—¿Ven la Osa Mayor allí? —pregunta Migue, en un nuevo intento para mantener viva la conversación.

Mientras Ángel identifica las cuatro estrellas brillantes en la base de la sartén y las tres del mango, Migue saca una botella de plástico con ron, bebe de ella, hace una mueca y se sacude antes de explicar cómo, si no encuentran la Osa Mayor, pueden llegar a ella desde Virgo.

Eduardo se revienta con los dientes una ampolla en la mano derecha y chupa su líquido. Dice para sus adentros que las constelaciones son obra de la imaginación humana: unos grupos inconexos de estrellas, cada una de las cuales sigue su propia ruta en el universo, bien distante de las demás y sin relación con ellas. Uniendo estrellas, forma un dragón con la boca abierta entre la sartén pequeña y la grande, debajo de la cual reconoce una corbata invertida. Sin buscarla, también se encuentra de golpe con la figura de una serpiente enorme, más hacia la izquierda y abajo en el firmamento, con una panza protuberante y la cabeza orientada hacia la corbata. Deja de observar el cielo. Tampoco desea mirar hacia el negro e insondable mar. Gracias al sol y las estrellas podrán intentar orientarse por momentos, pero él sabe que no tienen forma de controlar ni el viento ni las corrientes marinas, las fuerzas que realmente dictarían la trayectoria en condiciones extremas.

Una franja grisácea emerge del fondo del mar, chapotea fulgurante y se hunde de nuevo. Eduardo acepta en silencio la señal de que el mar no tiene intención de compadecerse de ellos. Entonces oye a su padre implorar salvación a la virgen de la Caridad del Cobre, y nota que le tiembla la mandíbula inferior.

Migue le extiende la botella a Ángel.

—Bebe un poco de ron para que se te quiten los escalofríos y pásasela a Eduardo. ¿Viste eso? Un tiburón ballena. Es manso.

*****

La corriente que acompaña el remar pausado de Ángel los acerca a la costa sudoriental de Cayo Hueso en la tercera madrugada de travesía. El viento sopla en dirección favorable, el mar lo imita con entusiasmo y el bote, cuyo motor funcionó sin problemas hasta donde llegó el combustible, avanza ahora con casi igual fluidez, integrado en una armoniosa sinergia.

Eduardo se ha tumbado en el suelo del bote, entre retazos de cabos, latas de conservas y recipientes de plástico con agua potable y ron. En apenas un par de minutos, cae en un sueño profundo. Migue se mantiene vigilante, acariciado por el viento y el ruido sordo del casco, que pica con uniformidad las aguas. Sus comentarios sobre la Corriente del Golfo, "un río en el océano", han provocado en Ángel una incómoda sensación de insignificancia, abrumado como está por la inmensidad de tanto cielo y mar invisibles en la oscuridad. Sin dejar de remar, busca en silencio las luces de Cuba a sabiendas de que no las encontrará. La isla y cincuenta y cuatro años de su vida han desaparecido.

*****

La noche se rinde a la nueva mañana y el bote lleva un impulso considerable con rumbo próximo al estenordeste. Migue y Ángel han estado turnándose a los remos y el segundo se toma un descanso cuando el primero le hace una seña con la cabeza: a unos cincuenta metros flota una pila de desperdicios. Es la embarcación más destartalada que han visto.

—Pobre gente. Los esfuerzos que le habrá costado armar esa balsa y llegar hasta aquí —comenta Ángel.

—Y los cojones para montársele encima. Toda una familia pudo haber vivido un año entero con los ochocientos dólares que esas cámaras valen en La Habana —agrega Migue.

¿Las dos o una sola?, se pregunta Ángel para responderse igualando el precio al de un vaso de agua en el desierto.

—Que Santa Bárbara nos acompañe, hermano. Menos mal que acá sigue dormido —le dice a su amigo mientras se persigna y señala hacia Eduardo con la cabeza.

*****

Huele a tormenta. Eduardo recuerda la fascinación con que solía observar las ondulaciones regulares en la superficie de las olas en Santa María del Mar, Guanabo, La Playita del 16 y Monte Barreto. ¿Quién le habría podido vaticinar entonces, cuando quedaba embelesado minutos enteros con la redondez, la vacuidad y el sonido de las olas al romper en la orilla, que un día tendría que enfrentarse a ellas por su vida? ¿Cuántos hombres harían falta en tierra para levantar el bote que ahora planea desbocado con ellos encima como si temiera clavar el hocico? ¿Seis? ¿Ocho? Hay que estar en alta mar para ver la facilidad con que las olas juegan lo mismo con un bote que con un transatlántico. La energía en este lado salvaje de la realidad impone respeto. Infunde miedo.

*****

En la madrugada de la cuarta jornada, el bote se encabrita, remonta las cuestas y se desploma entre las frías cascadas que se convierten en espuma sobre la piel y la ropa. Las olas que se yerguen un par de metros no parecen tener otro objetivo que arremolinarse y estrellarse estrepitosamente contra ellos. Hay momentos en que, tras una agonizante pausa, los fustiga una imprevista y cortante. A veces escuchan el rugido de otra que se acerca y pueden prepararse. Una furiosa los levanta con un bramido, otra hace que se tambaleen y otra traicionera casi los vuelca. Ellos intentan sobrevivir entre mazazos de agua y ráfagas de viento que azotan con saña sus torsos y cabezas, sin saber si darán un vuelco, se hundirán o serán catapultados. Es como si hubiesen sido ofrendados al mar y este se encaprichara en erosionar lentamente su ofrenda en lugar de digerirla de golpe. Salvan lo que pueden gateando en la oscuridad, utilizan todos los sentidos para adelantarse a las olas y las esperan aferrados a la embarcación.

El peligro de caer al mar se torna de pronto en realidad cuando una ola azota la cara de Ángel, que no va sujeto al bote. Pierde el equilibro, se sale de la embarcación y va a dar de cogote en el mar. Queda sumergido unos segundos y el agua salada que encuentra la forma de metérsele en el estómago y en los pulmones amenaza con estrangularlo. Con la boca a ras del agua, se prepara para gritar, pero el bote choca con su cabeza.

Migue llama la atención sobre el golpe seco en el casco. Eduardo le dice que lo aguante por los tobillos y sumerge medio cuerpo en el mar. Aguzando los sentidos, busca a tientas, toca ropa e intenta apresarla, pero se le resbala. Entonces saca la cabeza, respira con agitación y vuelve a buscar a ciegas bajo el agua. Sin soltar a Eduardo, Migue grita el nombre de su amigo y permanece en silencio, escuchando con atención. Cuando Eduardo se incorpora, también grita. Espera alarmado una respuesta de su padre, pero lo que le llega es el batir del mar contra las tablas del bote.

*****

Una tortuga muerta es el único resultado que ha producido la lectura de la compleja química del mar en exploraciones continuas de su superficie y fondo durante más de veinticuatro horas. ¿Para qué quiere esas membranas que, a modo de pantalla reflectora, aumentan la sensibilidad de los ojos en condiciones de escasa luminosidad? ¿De qué le sirve el acusado olfato que su especie ha venido afinando durante cientos de millones de años de evolución? Detectó sangre, pero enseguida le perdió el rastro.

Le llega un cambio de presión en el agua debido a la actividad alrededor de un bote. En cuestión de segundos, se sitúa estratégicamente como una sombra detrás y debajo del cuerpo que realiza movimientos caóticos.

En una mordida exploratoria de apenas unas decenas de libras de presión, los dientes dispuestos hacia el interior en varias filas dejan menos de veinte centímetros de fémur en una de las piernas. Ángel nota una turbulencia. Siente un tirón del cuerpo y un calor repentino en la pierna derecha. Se posiciona con dificultad para mirar bajo el agua hacia donde se ha producido el tirón y no puede ver el arroyuelo de sangre, pero palpa con la mano derecha unas tiras de tejido conector que cuelgan como harapos de donde debería estar su rodilla. Una fuerza mucho más violenta que la anterior lo empuja de golpe hacia arriba. Entonces ve a un palmo de su cara la piel pardusca que se torna asquerosamente blanca en dirección a su pecho. Siente la presión de las mandíbulas junto con las incisiones de los formidables dientes aserrados y los dientecillos agudos. Grita a la vez que pega un puñetazo contra las escamas del hocico romo, entre el ojito inexpresivo y la sonrisa siniestra, y el agua vuelve a entrarle a presión en los pulmones para quemarlo por dentro. El agresor responde sacudiendo sus cinco metros de longitud y desgarrando lo que ha mordido. Ángel queda boca abajo, inmóvil entre los zumbidos y las crepitaciones que produce lo que le queda de cuerpo.

*****

Baja de nuevo al fondo. Está furioso. Una sola mordida ya le había indicado que aquello no era ni foca ni león marino, sino un balsero pobre en grasa, como el surfista cerca de Massachusetts, el buzo en las cálidas y poco profundas aguas de Panama City, y el balsero de ayer. ¿Por qué son estas figuras enclenques e insípidas las que insisten en aparecérsele? Esta incluso osó contraatacar. Habrá que pegar una tercera mordida para al menos practicar la rutina de dejar que la presa se desangre y volver por ella. ¿Adónde si no irá a parar la reputación de máquina invencible, asesina, que no desprecia ni los ejemplares de su propia especie? Dejará constancia de que como depredador despiadado, como aristócrata de la cadena trófica, el tiburón tigre sigue ocupando el escalón más alto del ecosistema marino.

Tres tazas

…El doble rasero yanqui para las cuestiones de inmigración se manifiesta en el hecho de que están admitiendo a más balseros que a personas legalmente procesadas por los acuerdos que se lograron después del Mariel… Estados Unidos no está cumpliendo su parte del acuerdo de 1984 que negociamos con Reagan y que garantizaba 20 000 visas al año a cambio de que aceptáramos a algunos indeseables del Mariel. Según este acuerdo, debieron haber otorgado 160 000 visas. Sin embargo, solo nos han dado 11 000 y han recibido con los brazos abiertos a 13 200 inmigrantes ilegales… Una vez más, los norteamericanos lanzan una campaña dirigida a incentivar la ilegalidad y la desobediencia civil. La campañita de marras ya ha motivado varias entradas por la fuerza en embajadas y secuestros armados de embarcaciones estatales, uno de los cuales ha provocado la muerte de un guardafronteras… Por Radio Martí han anunciado que viene un grupo de barcos a buscar personas a la costa de La Habana. No es de sorprender que todo el lumpen se haya reunido en la zona de los muelles… Durante 35 años los yanquis han estado alentando las salidas ilegales de Cuba, aunque estas impliquen el secuestro de aviones y barcos, y aunque pongan en peligro la vida de las personas que no quieren irse del país. A este tipo de delincuente, de terrorista que secuestra embarcaciones e incluso asesina, lo reciben en Miami como si fuera un héroe… Un grupo de antisociales ha salido a la calle a cometer actos vandálicos… Está claro que estos disturbios están siendo provocados por rumores de un puente marítimo financiado por Estados Unidos y que no podemos seguir permitiéndonos ser los guardianes de las costas norteamericanas

si los yanquis siguen asfixiándonos económicamente e incumpliendo los acuerdos migratorios. El Gobierno Revolucionario no puede seguir protegiendo las fronteras del país provocador de esta situación. Abriremos las nuestras para que toda persona interesada en salir lo haga sin restricciones…
(Cables y despachos de la prensa cubana fechados en agosto de 1994)

Emilia no se engaña. Toma con pinzas la cubana y toda prensa. Sabe que la crisis que viene creándose desde julio se debe a un malestar social generalizado y a una situación mucho más compleja. Sentada nuevamente al portento de computadora que utiliza en su turno los fines de semana como asistente de redacción en *El Nuevo Herald*, va a la unidad de disquete y hace doble clic en su propio artículo para el suplemento dominical de otro periódico miamense, *El Cubanito*:

Es sorprendente el calco con que se repiten los hechos históricos. En abril de 1980, seis individuos en un autobús irrumpen por la fuerza en la embajada de Perú. En el incidente muere un custodio y los peruanos se decantan por el asilo político. El gobierno cubano retira la protección a la sede diplomática y unas 11 000 personas se refugian en ella. Castro abre entonces el puerto de Mariel, por el que salen más de 125 000 cubanos. 10 años después, de julio a agosto del 90, unos 50 individuos entran por sorpresa en las embajadas de España, Checoslovaquia, Bélgica, Italia, Canadá y Suiza, en lo que llega a conocerse como "la crisis de las embajadas". Esta vez la isla se niega a negociar con los aspirantes a refugiados, quienes tienen que regresar a sus casas. El 9 de septiembre del 93, 11 irrumpen en la de México y, tras las negociaciones que genera el incidente, por tratarse del "amigo entrañable que nunca ha dado la espalda a Cuba", Castro hace una excepción en su política migratoria y deja salir del país a los ocupantes de la delegación. Durante mayo de 1994 se producen entradas similares en las embajadas de Bélgica, Alemania y el consulado chileno, y la isla mantiene su política de no negociar con los ocupantes, que suman unos 150.

El reloj en la esquina inferior derecha de la pantalla muestra las 22:50. Emilia envía el borrador a la impresora, se pone de pie y se pregunta qué pensará Pepe de este tercer artículo cuando aparezca publicado. Reconoce para sus adentros que la opinión de su ex le interesa tanto como la de los lectores del diario, y que gran parte de la inspiración le llega de las incontables horas de conversación y vida compartida con él.

Le queda como máximo una hora en la redacción. Se hará el último café de la noche y en casa corregirá en papel esta parte de los antecedentes y desarrollará la idea principal: apenas un par de meses después de los incidentes en las embajadas europeas y el consulado chileno, está a punto de repetirse como un calco otro Mariel. Una teoría, pura especulación, pero es como ella lo ve y lo siente. Lo suyo es descubrir verdades entre los discursos de izquierda y derecha según su propia experiencia, sus observaciones y su instinto.

De regreso a la silla giratoria, coloca la copia impresa bocabajo entre teclado y monitor. En vez de ir recogiendo para salir, se deja llevar por el impulso que la hace teclear:

Cuba probará primero con la estrategia que ya le ha producido resultados más bien modestos en Camarioca en el 65 y espectaculares en Mariel en el 80. En ambas ocasiones marcó el curso y el ritmo de los acontecimientos mientras su poderoso vecino permanecía a la defensiva. El proceso está más que rodado: desestabilización y problemas en la isla, Fidel intenta negociar; Estados Unidos se niega, él amenaza con la crisis; los americanos se burlan o usan su retórica de resistencia, él abre las fronteras, primero de forma secreta y luego pública; y al final es la superpotencia la que se ve desbordada y sin otra opción que negociar la nueva política migratoria que la islita necesita.

"¿No quieren caldo? Les daremos tres tazas", se imagina un titular en *Granma* o *Juventud Rebelde*. Duda que pueda utilizar nada similar en un periódico miamense. Quizás "El calco", pondera contrayendo los labios antes de volver a ponerse de pie, ir hasta la cafetera esta vez y notar que en la redacción aún relumbran algunos flexos además de los tubos fluorescentes, sobre todo en la sección de los correctores y en la deportiva, donde dos almas se afanan por amontonar su jerigonza a toda prisa antes del cierre.

El caballo

Invitada por su amiga catalana a pasar la tarde a bordo del yate de un ganadero argentino llamado Rogelio Romero, Emilia disfruta de la vista que ofrece la marina en Fort Lauderdale. Al recorrer con la vista la cubierta de proa, se imagina fugazmente la marca RR grabada con fuego en los cuartos traseros de cientos de reses y se pregunta qué tipo de embarcación habrán podido comprar los tres mil quinientos dólares que ella transfirió a España. La travesía de su padre y hermano será infinitamente más arriesgada que la suya en el 80. Por la televisión no se cansan de emitir imágenes de balseros desesperados, deshidratados, con hipotermia y a la deriva.

El tal Rogelio explica que disfruta una vida sin ataduras entre las marinas costeras del sur de la península y el lago Okeechobe. Cada dos meses realiza una visita a Buenos Aires y a sus estancias en la Patagonia, revisa las cuentas con sus administradores y vuelve al trópico. Para él no hay nada como el trópico, sobre todo porque en el sur de Argentina hace frío durante gran parte del año. Él prefiere el calor y las camisas hawaianas, dice sonriente y con la boca llena. El hombre tiene unos cuarenta años bien llevados. Es fornido, musculoso y adinerado, y parece exudar testosterona. Ha dicho que fue jugador de rugby y Emilia lo nota.

La conversación chisporrotea como fuegos artificiales y ahora el tema es la mayor isla del Caribe, con playas y paisajes fascinantes, tomada por los ingleses, cambiada por la península de La Florida, campo de batalla de la guerra hispano-norteamericana, casi uno de los Estados Unidos de Norteamérica en un momento de su historia y satélite soviético en otro, además de agente provocador que colocó al mundo al borde del holocausto nuclear.

—Y no la palma el cabrón de Castro —dice Consol.

Las miradas aterrizan todas en Emilia. ¿Qué quieren que les cuente? Los atentados que ella recuerda son el de la pluma envenenada, el de la escafandra, el de la bazuca en el estadio de pelota. Ha oído hablar de un compuesto químico que habían planeado untarle en los zapatos para hacerle perder la barba y, con ella, el carisma y el poder. Pero ella preferiría una charla ligera sobre cocina, cine o, sin ir muy lejos, la comunidad de vecinos en una marina como esta, en la capital mundial del yatismo.

—Yo siempre he oído que, antes de la Revolución, Cuba era la tercera potencia económica en América Latina y un gran país agrícola —dice Rogelio—. ¿Cómo es que ahora están pasando hambre? Ya ven ustedes que estaban bien encaminados los militares de mi país cuando dieron el golpe en el 76. De no haber sido por ellos, por los de Uruguay y por Pinochet en Chile, toda Sudamérica habría seguido el camino de Cuba.

El hercúleo argentino de piel bronceada también tiene cuerda y, por la intensa mirada de sus ojos azules, parece atraído por ella.

—Eso no justifica las torturas y las desapariciones, Rogelio —interviene Consol.

—Piba, tené en cuenta que fue una guerra sucia. En las guerras a veces ocurren ciertos excesos.

—Esperemos que tú no hayas tenido ocasión de excederte —vuelve a la carga la catalana.

—Yo no fui militar, Consol. Pero, de haberlo sido, no sé cómo habría actuado.

—No nos desviemos del tema —dice ella para volver a encauzar la conversación—. Yo estoy de acuerdo en que las cosas no deben de ir muy bien en la isla cuando los cubanos salen de ella como pueden. Pero también está la propaganda: los cubanos son los que reciben toda la atención mediática aunque los guardacostas también intercepten a tantos o más dominicanos y haitianos. Habría que preguntarles a los mexicanos por qué emigran a pesar del Tratado de Libre Comercio. Cada año mueren miles en esa otra frontera. Y no hace mucho leí que un cuarto de los argentinos quiere irse a vivir a Estados Unidos o Europa.

Con esta última oración se gira hacia Rogelio, que se incorpora y engulle su bocado de tres aceitunas.

—Esos son los argentinos rascas, los que necesitan buscarse la vida afuera. A mí no me mirés, que no es mi caso. Mi dinero sale de la Patagonia y me lo gasto aquí, no al revés. Vos sabés que soy ganadero en un país que consume y exporta mucha carne. Ya has venido a varios de mis asados.

Emilia se sirve vino y recorre con la mirada los restos de tapas variadas sobre la mesita de plástico blanca: aceitunas rellenas de pimientos, quesos brie y gruyer, tortilla de papas, chorizo, salchichón, ensalada de col, y bastoncitos de pepino y zanahoria. El ejemplar de la oligarquía criolla sudamericana que tiene de anfitrión es un fanfarrón insoportable, y le disgusta que sea tan atractivo.

—A ver si me explico —continúa Consol—. Lo que quiero decir es que, comunismo y privaciones aparte, hay mucho bombo y platillo, y todos los derechos habidos y por haber para quienes se plantan aquí y dicen: "me acojo a la Ley de ajuste cubano". No quisiera imaginarme una Ley de ajuste para los mexicanos. O para los chinos.

Rogelio abre los ojos como platos. Entonces cambia de tercio y se dirige directamente a Emilia, que observa en silencio la puesta del sol.

—Me han dicho que viniste por Mariel. ¿En qué barco?

—En el Lady Marion.

—¿El *Lady Marion*? ¿En serio? ¿Con Bob el inglés?

—Yo no sé si era inglés o no, pero me pareció bastante competente en cuestiones de navegación. Las condiciones del tiempo, y de todo tipo, no fueron nada buenas.

—Un tipo bien raro, obsesionado con el orden y supersticioso a más no poder. Dice que no se debe silbar para no alentar los vientos, ni remover el té o el café en contra de las manecillas del reloj no vayan a producirse tormentas. A las empanadillas les muerde antes que nada las dos puntas para que el aire les corra por dentro. No sé si dice esas cosas en jarana, che.

—Ni nunca lo sabrás —dice Consol, mirando hacia el camarote y pasándole a Emilia un canuto de hachís—. Si ahora mismo ves a un inglés en esa escalera, no sabrás si está bajando o subiendo.

—¿Quieres ir a ver el *Lady Marion* mañana? —le pregunta a Emilia el ganadero de mirada hipnotizadora—. Quizás esté atracado en una de las marinas municipales, que es donde él pasa la mayor parte del tiempo.

—Mañana tengo un compromiso importante que quizás me lleve todo el día —dice ella, después de una calada—, pero tal vez una tarde de la semana que viene…

—¿Estás segura? Mira que dicen que hará un día precioso. Podríamos dar una vuelta por las islas de los famosos y ver la casa donde se filmó *Cocoon*, la de Madonna, la de Julio Iglesias…

—Es una lástima, pero no puedo posponer lo que tengo que hacer. Avísame para ir otro día. Si tienes dónde apuntar, te doy mi teléfono —propone ella.

—Un segundo. Enseguida estoy contigo.

Mientras Rogelio entra en el camarote, el estupefaciente regresa de nuevo a Emilia y afloja milagrosamente la tensión en su cuerpo. La voz de Consol empieza a llegarle con retardo, confusa.

—Perdona —dice el ganadero, ya de vuelta.

—Desde ahora te digo que no sé cómo voy a reaccionar cuando vea el *Lady Marion* —advierte Emilia.

—Estás en un país libre. Puedes llorar lo que quieras, pero yo te sugeriría sonreír y disfrutar de tu libertad.

—También puede que me entre un ataque de risa. ¡Qué sé yo!

Cuando se dispone a beber de la copa que su interlocutor le ha rellenado, una incómoda rigidez se apodera de su brazo. Le pesa tanto que no está segura de si podrá alcanzar la copa, además de que le está costando trabajo enfocarlo todo. Un soplo de aire frío le roza como un cuchillo los brazos expuestos. ¿No se suponía que fuera este un cálido anochecer estival con un cielo completamente despejado?

Consol se incorpora y señala que es hora de irse. Aunque Emilia apenas puede abrir los ojos, o quizás precisamente por ello, en medio de una despedida apresurada los demás acuerdan que debe quedarse. Ella intenta organizar sus pensamientos, integrar en una unidad coherente lo que percibe a su alrededor y levantarse sin que se delate su embriaguez, pero...

Por suerte, Rogelio ha podido aguantarla y la ayuda a bajar los escalones de la cubierta al camarote. Vuelve a perder el equilibrio y él sigue estando allí para sostenerla, solo que esta vez también le acaricia los hombros, el pelo y las mejillas. Emilia acepta el beso que le ofrecen aunque teme que no podrá corresponder con igual pasión. Entonces siente que le manosean los pechos por encima de la blusa y le aprietan los glúteos. Una mano grande le amasa la entrepierna.

Va a parar a la cama y el ganadero intenta desabrocharle los pantalones mientras le mete la lengua en la boca, le muerde los labios y retuerce la cabeza para olisquearla. Ella se siente demasiado mareada, lo mismo para consentir que para oponer resistencia. Ya le gustaría, además de saberse deseada, poder dar satisfacción con su cuerpo maduro, pero firme aún. Le facilita la tarea al argentino contrayendo el estómago, pero se arrepiente al instante, pues, ganada la escaramuza del broche, él casi le desgarra el sujetador del biquini para apretarle los senos, pellizcarlos, lamerlos y morderlos. Su manaza glotona se introduce ahora debajo de la pieza inferior del biquini. Poseído por la expectativa, el macho resopla impaciente, sacude la cabeza y toquetea agitadamente igual que piafa un semental. Emilia evita el contacto con sus ojos fieros. Sabe que harían falta varios hombres para controlarlo, por lo que relaja las caderas y deja de ofrecer resistencia. Esta entrega, sin embargo, solo sirve para desatar unas embestidas espasmódicas que la aplastan contra la cama, la cual a su vez golpea repetidamente contra la pared de la embarcación. Emilia siente contra su cuerpo unas sacudidas entrecortadas, un paroxismo convulsivo y un relincho. La cabeza del hombre se desploma torpemente sobre el hombro de Emilia. ¿Le habrá dado un infarto?

Negativo: se retira abatido, desvalido, sin dignarse siquiera a mirarla.

Más allá de las noventa millas

Dicen que se derraman como promedio sesenta litros de lágrimas en una vida, pero de los ojos de Eduardo no salta ni una a la terrorífica mar. No porque haya bloqueado a voluntad el pensamiento de la pérdida, sino porque sus energías están puestas en el presente y no puede permitirse sucumbir a la aflicción. En un momento de ínfima brevedad ha aceptado que todo tiene un nuevo orden y que a estas alturas nada de lo que fue su vida se puede rescatar. Aferrado a los remos, pasea la mirada por la infinita llanura de olas y repara en que llevan horas paleteando como unos tontos endemoniados. Ya que los dioses en todas las latitudes y épocas han tenido siempre la mala costumbre de permanecer impasibles frente a las desgracias de los hombres, como si aquí abajo no pasara nada, le pregunta directamente a Zeus por qué se empeña en mortificarlo. Mientras espera respuesta y oye la voz de Migue hablar de la Corriente del Golfo en un murmullo, se mira las palmas de las manos destrozadas, cubiertas de llagas y baba. Tal vez remar sea lo mejor que puede hacer para mantener el calor del cuerpo, mitigar los dolores musculares y ocupar la mente.

*****

En cafés, bares y restaurantes de Mallory Dock, Cayo Hueso, turistas y lugareños disfrutan de la puesta del sol con la animación de músicos y artistas callejeros. Cuatro exiliados cubanos rocían con cervezas una partida de dominó en el Área de Recreación Estatal de Bahía Honda. En Key Colony Beach, Cayo Crawl, unos ancianos británicos conversan pausadamente mientras juegan al golf. En Islamorada, algunos americanos pescan con señuelos, otros bucean en la barrera coralina y otros hacen compras, comen u observan embelesados las piruetas de delfines y leones marinos.

Migue y Eduardo van pasando de largo por el este, en paralelo a la Overseas Highway 1, que con sus cuarenta y dos puentes viene a ser la arteria principal de toda la cayería. No pueden ver la costa y, si mantienen la dirección estenordeste, ni siquiera tocarán la península.

Migue lleva la vista de los protuberantes huesos en la cara desencajada de Eduardo, que parece haber perdido diez libras de peso desde la salida, a los puntos ulcerados que continúan apareciéndole en la piel. Le preocupa una posible deshidratación del muchacho, sin descartar el delirio y la muerte.

*****

Eduardo tiene la mirada fija en el dorso de las olas. ¿Por qué, si el agua es una materia amorfa, se muestra en un sinfín de espirales uniformes? Un empuje vertical hacia el cielo colma la superficie de curvas que engendran otras, las cuales a su vez se subdividen para repetir la figura de la ola madre, como un eco. La fuerza de la gravedad y la tensión del líquido mismo deben de empujar por su parte cada olita hacia abajo, y así sucesivamente, supone. Cuando iba a la playa, creía que el agua iba del horizonte a la orilla. Ahora lo ve de otro modo: es la energía la que cruza los océanos. Las olas se mueven por la mera necesidad de renovación. Lo que él observa alrededor del bote no es sino una imagen fractal del infinito en movimiento perpetuo. Únicamente el hombre se obstina en ver el mundo como objeto. Y el muy tonto lo hace mientras crece, envejece y es destruido como mismo fue creado. Sin ver lo dinámico, lo inestable, lo transitorio del proceso. La pelona ya intentó llevárselo a él en aquel nauseabundo bar del puerto de La Habana. Se llevó a su madre y a su padre. Está preparado si le ha llegado el momento. Cuando una ola muere, rompe en una caótica confusión de sonido y espuma, ¿no? Pues él aceptará su fin con la misma gracia. Está listo para la inflexión. Solo debe desprenderse de lo viejo, del pesado bagaje, pero ¿de qué no lo ha despojado ya el destino?

*****

Como cada noche, la mar oscura produjo una incertidumbre y una angustia que llamaban al grito, a la súplica. Pero la madrugada ya ha avanzado tanto que solo queda esperar el alba. ¿El zumbido que escuchan es de un motor que cruza el cielo? ¿Será una avioneta de Hermanos al Rescate, la organización de pilotos voluntarios que sobrevuela el Estrecho de Florida en busca de balseros e informa de su ubicación a los guardacostas norteamericanos para que los rescaten? Ajeno a los servicios para turistas que a esas horas ofrecen los aeropuertos de Cayo Hueso y Maratón, Migue coge la linterna y hace señales intermitentes al cielo.

*****

Entre las puntas, crestas y sombras del oleaje, Migue descubre una especie de mancha, de figura poco definida, que podría ser una pequeña balsa. Al ver que no se desplaza, dirige hacia allí el bote y le advierte a Eduardo que no se acerque a ninguna persona que puedan encontrarse. Nada más lejos de la intención de su compañero, que aborrece el espectáculo de las balsas, vacías o con tripulantes, y no le desea ni a su peor enemigo la experiencia de la travesía.

A unos veinte metros de distancia, Eduardo puede apreciar que se trata de un cuerpo sobre una cámara. De un hombre, esquelético, cubierto de ulceraciones y en peligro de deslizarse hacia el agua por el hueco. No podría decir si el balsero es mulato, albino, si está morado por la mala circulación de su sangre o por quemaduras, o si lo que está viendo son huesos.

Migue aproxima más el bote y toca con un remo una pierna del cuerpo. Vuelve a tocarla, esta vez con mayor fuerza. El neumático gira y se aleja con la rígida figura encajada.

*****

A media tarde cae una lluvia fina, pero constante, y Migue calma la sed con las gotas que recoge en las manos abiertas hacia el cielo. Se quita la camisa y la exprime sobre la boca abierta. Eduardo sigue el ejemplo y bebe todo lo que puede mientras siente con alivio cómo la piel sacia su propia sed con cada preciada gota. Migue le recomienda frotarse cuidadosamente las úlceras con la camisa humedecida en el agua dulce.

*****

Eduardo no está ni siquiera seguro de que la modificación del rumbo que Migue acaba de hacer sea correcta. Tendrá que creerle cuando dice que llegarán en menos de doce horas, pues al menos el barquito va en el mismo sentido que las olas; un sentido fasto, prometedor. Pero se pregunta si tener esperanza es bueno o malo. ¿Qué hacía en la caja de Pandora si era algo bueno? ¿Por qué quedó retenida allí si no lo era? A todas estas, Zeus sigue sin decir esta boca es mía y aquí abajo el sol refulge cegador en las interminables ondulaciones de la superficie, que parece bullir. El agua forma crestas, espuma, borbollones aquí y allá, como innumerables púgiles que miran con odio a su contrincante mientras saltan a izquierda y derecha. Como lava. Como sierras. No se ve ni rastro de la diversidad biológica que se supone que contenga. Parece plomo, mercurio. Eduardo siente que está en un desierto, con la misma sed y el mismo calor febril. El aire que inspira le abrasa los pulmones.

De súbito le parece ver un enorme puente colgante que cubre el mar e impide ver el horizonte. No puede comentarle esta visión a Migue porque pensará que está alucinando. Pero es lo que ha visto: un puente, eso que permite pasar de un país a otro, que une territorios y hombres, que conecta vidas.

*****

Migue le toca la frente y el cuello a Eduardo, que ha dejado de temblar para entrar en un sopor preocupante. Calcula que tiene una fiebre de cuarenta o más, y que el único motivo por el que no ha empezado a delirar es porque le faltan las fuerzas. Entonces oye acercarse otro artefacto aéreo.

Es una avioneta Cessna, que deja caer un pequeño bulto cerca del bote antes de desaparecer. ¡Los han localizado! Intenta mantener la calma mientras coge los remos y conduce el bote hasta el bulto flotante. No puede creer que la aventura realmente vaya a concluir con éxito.

Al ver que la alegría también asoma en el rostro consumido del hijo de su amigo, se le dilata el corazón contra el pecho y siente un nudo en la garganta. Los dos hombres se inclinan doloridos hacia adelante, se abrazan, dejan caer la cabeza sobre el hombro del otro y se abandonan sin reservas al llanto.

*****

La lancha motora hace medio círculo a su alrededor. Uno de los dos jóvenes a bordo, con *U.S. Coast Guard* rotulado en blanco sobre el fondo naranja de su chaleco, les indica pausadamente, en español con acento mexicano, que deben ponerse los chalecos salvavidas que les ofrece.

—¿Estás bien? ¿Puedes valerte solo? —le pregunta a Eduardo al ver que no parece entender sus instrucciones.

El hombre no ha terminado de formular la segunda pregunta cuando Eduardo se desploma. Migue da un paso y se inclina en su auxilio, pero casi a la fuerza le encasquetan uno de los chalecos antes de que pueda hacer nada.

—Ahorita nos lo llevamos a él porque necesita atención urgente. Otra lancha volverá por usted. ¿De acuerdo?

Entre los dos guardacostas envuelven a Eduardo en una manta y lo pasan a la lancha rápida.

—Quédese tranquilo pues. No más tiene que esperar sin hacer nada. ¿Entendido?

Minutos más tarde, la transferencia de Migue de una lancha a un buque militar que lleva días recogiendo balseros se realiza no sin dificultades: el segundo es mucho más alto y la primera no deja de mecerse.

Durante horas interminables, suben a bordo del barco a gentes con los ojos casi fuera de sus órbitas, quemaduras en la cara y los hombros, y picaduras de peces en las piernas. Les dan agua, una manta y un par de chancletas.

Si Migue pudiera mirarse en un espejo, vería que sus propias mejillas parecen de papel cartucho arrugado. El pelo lacio le brilla de suciedad y sudor. Los ojos castaños, vidriosos y alterados bajo las cejas gruesas completan el cuadro de desconsuelo del que se compadece una balsera a quien el mar ha despojado de su hija de año y medio.

En venta

La llegada de balseros se ha extendido semanas y recibe atención en la prensa norteamericana. Bob sigue con interés las noticias: cada día llegan a Florida más refugiados cubanos y, por el número de balsas vacías, muchos se están dejando la vida en el estrecho. Un día la cadena FOX informa que los guardacostas han capturado a 1300, que serán devueltos a su país. Al siguiente, según la ABC, interceptan a más de 2500. La CNN difunde imágenes de una mujer que empieza a dar a luz sobre una balsa.

Por su parte, los cubanos residentes en el sur de la península parecen haberse vuelto locos este verano. Algunos acaparan vituallas y enseres. Otros empeñan sus casas para comprar una embarcación. Por todos sitios se respira una extraña mezcla de esperanza e indignación. Hay huelgas, discursos, preparativos y mucha euforia. ¿Para qué tanto jaleo? No habrá otro Mariel, quisiera gritar Bob.

Ahora que viene a ver el *Lady Marion* un posible comprador, casualmente cubano, Bob recuerda las tres veces que zarpó de aquella marina en Cayo Hueso para traer isleños a Estados Unidos catorce años atrás. Lo hizo con entusiasmo de muchacho y acompañado por cientos de otros barquitos. Pero si le ofrecieran en estos momentos cercanos a su jubilación el doble de dinero por volver a embarcarse en una aventura similar, soltaría una sonrisa y seguiría tranquilamente con lo que estuviera haciendo, que ahora mismo es darle otro sorbo a una refrescante jarra de cerveza con limonada.

Ha entrado en la última fase de su astuto plan para regresar a la verde y placentera Albión, donde se montará su propio Jerusalén. El año que viene partirá con su dominicana y su adorable hijito de tez morena y pelo ensortijado. En cualquier momento empieza a preparar los bártulos. Su casita en South Miami se ha ido apreciando cada año y vale ahora el doble que en el 80. La zona es atractiva, con la Universidad de Miami, Coral Gables y Pinecrest como lindes, y la South Dixie Highway que la recorre en diagonal. Tiene restaurantes, tiendas, poca delincuencia y dos hospitales que generan empleo e inquilinos.

Guantánamo

Convencido de que Castro querrá controlar a su antojo el volumen de las salidas irregulares, el escaldado gobernador de Florida decide declarar una emergencia de inmigración y exigir que el gobierno federal ayude a buscar un sitio donde instalar a la mayor oleada de refugiados cubanos desde el 80. Aunque a Washington le consta que las autoridades cubanas están permitiendo la salida de pequeños grupos de personas sin producir incidentes, no ve asomarse una nueva crisis. La fiscal general insiste en que no se está considerando ningún cambio de política y tilda de exagerada la reacción del gobernador.

Ajenos a estas tensiones entre Florida y la capital de la nación, centenares de balseros que han tocado tierra estadounidense se acercan a Miami en una caravana de autobuses. Escoltados por vehículos patrulleros y un helicóptero, sonríen y saludan como estrellas deportivas a los residentes que desde las aceras agitan las manos en el aire y exclaman frases de bienvenida y apoyo.

Eduardo siente que los carteles lumínicos y la variedad de colores le hieren los ojos. Los días que pasó recuperándose en el hogar de tránsito para refugiados en Stock Island le vinieron muy bien, pero no ve la hora de llegar a uno de esos hoteles donde le han dicho que acogerán a los integrantes de la caravana hasta su reunificación familiar.

—Y así estuvimos una semana entera, a la deriva y casi sin avanzar porque teníamos que ahuyentar con los remos los tiburones. Aquellos bichos de un par de metros venían escoltándonos como las motos que ves ahí —le viene contando su compañero de asiento.

Afortunadamente, el silencio de Eduardo queda interrumpido por el anuncio de una parada de diez minutos.

Nada más bajar, se le acercan residentes con cigarros, caramelos y apoyo. Segundos después, a medida que avanza hacia el mostrador de la cafetería, donde algunos de sus compañeros de viaje posan para fotos y ofrecen comentarios a la prensa, un extraño silencio se apodera del establecimiento y las caras se vuelven todas hacia el televisor montado en una pared.

Bill Clinton alterna la mirada entre las cámaras y el documento que lee en voz alta. A continuación, la presentadora desarrolla la noticia: tras un encuentro entre el presidente del país, el gobernador de Florida y el presidente de la Fundación Nacional Cubanoamericana, el primero acaba de anunciar que no permitirá el ingreso de cubanos que por vía ilegal y de forma desordenada intenten emigrar a Estados Unidos. A los balseros interceptados en el mar los llevarán a la Base Naval de Guantánamo, donde permanecerán indefinidamente hasta que puedan ser reubicados en terceros países. Solo los que hayan llegado a tierra estadounidense antes del anuncio recibirán asilo acorde con la Ley de ajuste cubano de 1966.

Krome - Miami Beach

Unos doscientos recién llegados pululan por el vestíbulo, los jardines y los pasillos del Civic Center Inn de Miami. Hasta ahora no han causado problemas y se muestran muy agradecidos por el descanso. Su presencia inquieta a un par de empleados, pero la dirección del hotel no tiene quejas y la cuenta la paga el Departamento de Justicia.

—¡Esto es la vida misma! —grita uno sobre el bordillo de la piscina, con una lata de cerveza Old Milwaukee en la mano.

—¡La dulce vida! —amplifica una panza peluda aboyada.

El ánimo de Eduardo se ha ido contagiando con el de sus compatriotas. Lo ha dejado atónito el lujo del hotelito con ducha caliente, aire acondicionado y varios canales de televisión en color. Los trabajadores para el reasentamiento de refugiados le han entregado un bolso de aseo lleno de artículos desaparecidos en Cuba y hoy se ha duchado tres veces en lo que va de día, además de cepillarse los dientes antes y después del desayuno y del almuerzo. No puede creerse el giro que ha dado su vida. Se siente como no recuerda haberse sentido nunca. Y la jornada debería rendir más aún: le han dicho que por la tarde lo llevarán a un sitio llamado Krome, en el sudoeste del condado de Miami-Dade, con capacidad para cientos de refugiados. En previsión de la avalancha de cubanos, han trasladado a Louisiana y Texas a los de otros países latinoamericanos y China. Cualquier cosa menos Guantánamo, se dice él:

seguro que en ese Krome las condiciones son mejores que en un albergue de "escuela al campo" cubana y no le faltará agua, jabón, pasta de dientes, comida ni luz eléctrica.

*****

Cientos de residentes en el sur de Florida han madrugado para venir a la antigua base de misiles de la defensa aérea en los Everglades que quedó abandonada un tiempo, pero en 1980 la remodelaron para procesar a los marielitos. Emilia recuerda la conversión y se admira con el hecho de que, catorce años más tarde, el terreno y sus edificios se siguen utilizando con más o menos el mismo fin. Apretada contra la cerca de alambre, espera que algún oficial de inmigración salga a leer una lista de detenidos. Es la segunda vez que viene desde que llamó por teléfono a Cuba y una vecina de Ángel le dijo que su padre y su hermano habían desaparecido del barrio.

Siente náuseas, pero no piensa someterse ahora a un examen médico y mucho menos acusar al estúpido vaquero. Suficientes líos tiene ya. Lo odia. ¿Por qué tuvo que ser tan bruto? Por supuesto que habrá un modo de salir de este embarazo, se dice con ánimos de tranquilizarse. Ni loca le parirá a un violador. Por el momento se ha pedido la semana de vacaciones para pensar bien lo que hará y venir a Krome las veces que haga falta.

Ella y Pepe siempre tuvieron unas prioridades y metas bien claras: primero había que desarrollarse como personas y "progresar". Ni gatitos ni perritos mientras no tuvieran la estabilidad económica necesaria para fundar una familia. En cierto momento llegaron a contar con el colchón financiero que les daba algo de tranquilidad y les permitía ayudar a los familiares en Cuba, pero no dejaron de surgir prioridades y metas que siempre aplazaban la maternidad. Por eso le resulta tan irónico que ahora la vida le juegue tamaña pasada. Nunca quiso ser un gorrión que se contenta con cualquier migaja, hace nido y tiene pichones dondequiera. Tampoco sospechó que terminaría hecha la gallina que nadie vio en ella, ni siquiera ella misma. Pero aquí está, cacareando para recoger a sus dos pollitos del alma, que no volverá a dejar desamparados. Con otro en el vientre.

La de veces que se ha sentido marginada por no haber procreado. Si una mujer no quiere tener hijos, la gente casi que la repudia. Ahora, gracias a otra gran ironía del destino, puede poner fin a este tipo de discriminación en su caso. Lleva una vida mucho más asentada que antes, con muchos más recursos y mayor control. En Miami Dade College le asignan la cantidad de horas de clases que quiera impartir, hace meses que pasó el periodo de pruebas como asistente de redacción en *El Nuevo Herald*, sigue escribiendo para *El Cubanito*, y atrás, muy atrás, han quedado aquellas interminables jornadas en el consultorio. A veces solo los cambios drásticos empujan hacia una mejora, piensa, pues con aquella renuncia en el consultorio logró lo impensable: que le dieran trabajo para casa, solo de transcripción y pagado a destajo. Reconoce que sus años salvajes han quedado atrás, que la criollita traviesa y alegre no volverá, pero Emilia Ribot Hernández aún tiene mucho que dar de sí. Y la maternidad, dar vida a una criatura y velar por ella con el mayor celo y la mayor ilusión, podría ser precisamente su mayor aventura, el viaje más hermoso que jamás vaya a hacer. Es una responsabilidad muy grande pasarse noches enteras pendiente de su respiración, y luego protegerla, alimentarla y educarla. Pero con tan solo —¿tan solo?— estar embarazada, a ella se le manifiesta el elusivo significado de la felicidad: un amor puro, incondicional, sin reproches, para siempre.

*****

Emilia no puede creer lo que escucha.

—¡Cuba sí! ¡Castro no! —grita la multitud a su alrededor.

¿Dónde está la relación entre esas frases y el entorno en que se exclaman? Quisiera hacerles entender que Fidel no está en el centro de detención, pero teme que la linchen allí mismo si lo intenta. Mientras tanto, los vítores arrecian y ella se recuerda que muchos de los visitantes llevan haciendo cola desde la noche anterior. Entiende que la espera, la frustración y un calor abrasador exacerben los ánimos; y no la sorprende que ahora la multitud lance gritos de protesta contra los agentes del Servicio de Inmigración y Naturalización, y cante el himno nacional cubano.

La situación evoca en Emilia los incidentes del 80, concretamente el amotinamiento en Fort Chaffee. La presencia de marielitos en aquella otra base había inquietado a los residentes de Barling, un pueblito cercano que con la invasión de cubanos se convirtió en la oncena ciudad más poblada de Arkansas. Los refugiados y su comportamiento irregular habían hecho que los vecinos, muertos de miedo, se armaran hasta los dientes. También habían suscitado una visita del Ku Klux Klan, que inevitablemente generó más disturbios. Pero Emilia está convencida de que fueron sobre todo la desesperación y la frustración por un encierro que parecía eternizarse las que hicieron que algunos se declararan en huelga de hambre, cerca de trescientos se fugaran y deambularan por las calles de Barling, y finalmente veinte mil se amotinaran e incendiaran los barracones del cuartel. Cuando el presidente Clinton, entonces gobernador de Arkansas, movilizó a la Guardia Nacional, los altercados se saldaron con más de medio centenar de heridos de ambas partes. Y dos cubanos muertos.

*****

Del otro lado de la cerca en la avenida Krome, convencidos de la superioridad inherente de todo lo extranjero tras una vida de penurias y escasez en la isla, los refugiados se complacen en darse una ducha, vestir el uniforme naranja de mejor calidad y hechura que la ropa de paisano cubana, y comer decentemente.

Eduardo intenta responder con la mayor coherencia posible las preguntas de una agente de Inmigración y Naturalización.

—¿Tienes familiares en Estados Unidos?

—¿Alguna vez te han encarcelado?

—¿Has sido militar en Cuba?

—¿Has trabajado para el gobierno allí?

—¿Tienes alguna enfermedad contagiosa?

—¿Es verdad que casi todo el mundo en la isla tiene una balsa o la está construyendo?

Eduardo se distrae al oír unas voces femeninas cantar el himno nacional cubano. Cree conocer bastante bien el lugar y en aquella dirección lo que hay es un dormitorio de hombres. ¿De dónde entonces viene el canto?

La entrevista termina bruscamente antes de lo que él esperaba. No ha quedado nada satisfecho, pero los otros trámites parecen ir bien: los resultados de las pruebas de tuberculosis y sífilis que le hicieron nada más llegar son negativos, y ya tiene su tarjeta I-385 sellada por el personal del Servicio de Salud Pública, con la que puede "integrarse a la comunidad". El único problema es que, al haber perdido los datos de su hermana en la travesía, es uno de tantos sin allegados que los reclamen. No deja de ser un detenido, se dice mientras toma con cansancio un periódico de encima de una silla en el área común y se lo lleva al baño.

Todavía está por ver si esta decisión de enviarlos a Guantánamo impedirá que más cubanos intenten el viaje. Y, si siguen viniendo, no sabemos qué pasará cuando Guantánamo y Krome estén llenos. Estas son algunas de las preguntas para las que todavía no tenemos respuesta.

Eduardo lee con atención este comentario de un miembro del Comité de Inteligencia del Senado. Las amistades que ha hecho en el centro le contaron que este mismo senador demócrata había hablado personalmente con ellos y les había asegurado que no los devolverían a Cuba. ¿Así que este hombre, con los cargos que ocupa, no tiene respuestas? Por supuesto, de lo que acaba de leer no dirá ni esta boca es mía a sus compañeros de suerte, no le vayan a colgar el sambenito de pájaro de mal agüero. Afortunadamente, las promesas de ayuda no solo vienen de los políticos. Las agencias caritativas están haciendo todo lo posible por encontrarles hogar y trabajo, dentro o fuera del estado. Él alberga la esperanza de salir en cualquier momento para Kentucky, Texas, Oregon, Connecticut o cualquier otro estado mediante el programa de la Agencia Católica y del Departamento de Inmigración que anoche vinieron a explicar unos activistas.

—¡Eduardo!

¿Quién cojones lo necesita con tanta urgencia como para venir a buscarlo hasta aquí?

—¡Eduardo Ribot!

—Aquí. ¿Qué es lo que pasa?

—¿Tú eres Eduardo Ribot?

—Sí. ¿Qué pasa?

—Compadre, hace rato que te están buscando.

*****

El fulgor que se filtra por el ventanal hace que Eduardo venga a reconocer a su hermana cuando la tiene casi al frente. Se acerca a ella casi flotando, en estado de gracia, sin necesidad de gestos ni palabras que expresen su alegría.

—¿Y papi? ¿Dónde está papi? ¿No vino contigo? —pregunta Emilia, mirando nerviosamente a su alrededor.

—En Cuba. Tranquila. Luego te cuento.

Al abrazar a su hermana, Eduardo se siente fuerte, sabio y sosegado. Más protector que protegido.

*****

Para ahogar sus propios pensamientos y hacer más llevadero el atasco a la salida del centro de detención, cuyo acceso las autoridades han decidido bloquear, Emilia enciende la radio de su Honda Accord del 83, azul metálico con una pátina de suciedad en la que alguien ha rascado *"Also available in blue"*.

Según el locutor, los norteamericanos han reforzado el patrullaje de las costas cubanas con treinta aviones y ocho mil soldados. Con el objetivo de impedir que los isleños lleguen a Estados Unidos, la marina y los guardacostas han desviado más de setenta naves que normalmente utilizan en el patrullaje de las pesquerías y contra el tráfico de drogas.

El vehículo va saliendo del atasco y, con uno de los éxitos musicales más recientes de fondo, Emilia le explica a su hermano que, desde que se divorció de Pepe, alquila un estudio en un condominio en Miami Beach. Es pequeño, pero con todas las comodidades de la vida moderna y unas vistas fantásticas. Mientras dejan atrás señales y carteles, la conversación pasa a caseros, alquileres, hipotecas, seguros y préstamos personales.

Ante la imposibilidad de componer la bisagra de las gafas de su hermana, Eduardo parece concentrarse en el paisaje que se desliza por la ventanilla. ¿Está prestando atención a lo que Emilia le dice? Ella pasa de la atropellada cháchara economicista a una diatriba contra el cubaneo en Miami, pespunteada con advertencias sobre personas concretas. Encuentra a su hermano demasiado satisfecho de haber alcanzado su trocito de cielo. Esto lo hace aun más vulnerable.

*****

Desde el futón azul marino, Emilia sigue con la mirada a su hermano, que no para de dar vueltas en el pequeño estudio. En La Habana muchas veces iba ensimismado, pensando en sus cosas, pero relajado. Ahora parece mucho más retraído, rígido, respira intensamente, y bebe y fuma como un poseso.

—¿No me notas nada diferente en el físico?

Silencio.

—Ya sé que hace rato que no mando fotos…

Eduardo le inspecciona la cara y el pelo.

—¡Estoy embarazada!

—¡No me digas! ¡Felicitaciones, mi herma! Pero si dices que Pepe y tú…

—No, no es Pepe el padre. No me preguntes quién es. Da igual que sea él que un americano o búlgaro, pero no es Pepe. Yo soy la madre, el padre y el espíritu santo.

—¡Amén! ¡Tremendo notic íon! Voy a celebrarlo con otro laguercito.

Emilia observa cómo su hermano entorna los ojos. Hay inquietud en su expresión y unas gotas de sudor le cubren la frente. El garbo y la seguridad en sus gestos se han mudado en una agitación que empieza a ponerla a ella en un estado de tensión nerviosa nada conveniente para el bebé.

—¿Y has pensado en posibles nombres? —pregunta él frente al refrigerador abierto.

—¡Qué va! Tú verás que aquí no hay tiempo ni para ir al baño.

*****

Segunda tarde en casa de Emilia. Eduardo abre otra lata de Coors y se detiene frente al pequeño altar de San Lázaro en la pared que divide la minúscula cocina del resto del estudio. Observa que, además de las muletas, los harapos y los perros, el anciano leproso tiene a sus pies un Montecristo de unos quince centímetros de longitud y una copita con lo que parece ser vino tinto. Se dirige entonces a la única ventana del estudio. No necesita balcón para extasiarse frente al reflejo del sol de las últimas horas de la tarde sobre el blanco de las fachadas y el terracota de los tejados. El manto de nubes que había notado la última vez que miró hacia afuera ha desaparecido del todo. Lo sosiegan la tonalidad del césped, las plantas y las flores. ¿Estará empezando a recomponerse del traumático cruce del estrecho? El precio ha sido alto, muy alto, pero él está tan convencido de las infinitas oportunidades que lo aguardan que no puede sino respirar hondamente y apreciar la armonía a su alrededor. Cuenta además con la ayuda de su hermana.

Se retira de la ventana, toma otro cigarro de la caja que Emilia ha dejado sobre la encimera y no lo enciende, sino que camina de un extremo al otro de la habitación con él en la boca. Ha llegado el momento de hablar de la travesía. Mira al futón donde está sentada su hermana, da un paso hacia ella, se detiene y vuelve a avanzar, esta vez con paso firme. Termina sentándose junto a Emilia.

Mientras se frota las palmas de las manos contra las rodillas, una sombra de gravedad le invade el rostro. Empieza a murmurar sin apenas abrir la boca y de pronto las palabras le salen atropelladamente. Los labios le tiemblan mientras se separan, se unen y se deforman en una mueca de dolor.

La sangre

Eduardo está solo en casa, rabiando por fumar. Acaba de calentar el último buche de café que quedaba en el termo y se lo lleva a la sala, pero se detiene una vez más frente a San Lázaro a apreciar el Montecristo Especial número 2 entre las ofrendas. Toma el tabaco con permiso del santo y observa con detenimiento el brillo de la capa lisa que envuelve un cañón genialmente torcido y sin baches. Nunca se ha fumado nada tan elegante. Seguro que su padre tampoco. Lo presiona y le da un masaje circular. Lo nota firme, compacto, pero no demasiado tieso. Se lo acerca al oído sin dejar de hacerlo rodar entre los dedos. Mientras camina hacia a la ventana, se pregunta si el añejamiento será tan bueno en los tabacos como en el ron.

Al ver su propio rostro en el espejo de pared, lo asalta una amalgama de imágenes inconexas. Se lleva el puro a la boca y busca su escindido yo en los pómulos, los ojos y los cabellos del reflejo. ¿Cuándo cesará la duplicación y multiplicación que lo llevan a este desbordamiento sensorial? A falta de una respuesta, propia o del otro en el espejo, regresa al viejo Lázaro, siente en su propia piel el dolor que debe de producir el roce de los harapos contra las llagas del santo, le pide perdón y coge unas tijeras de un bote de barro sobre la repisa al lado del altar.

Se le ocurre que el artefacto entre sus dientes podría catapultarlo a la iluminación, a un conocimiento superior que ponga todo de nuevo en su lugar. Se lo retira de la boca y le hace un corte a unos tres milímetros del nacimiento del rabito, pero la capa amenaza con desprenderse. ¿Habrá fastidiado la cabeza con el corte inexperto? Nada que no tenga remedio. Pega la capa con saliva y prueba a tirar por la abertura recién creada. No le parece mala la succión. Quizás algo apretada, pero también hace mucho tiempo que él no disfruta de un tabaquito, mucho menos como este. En frío ya le ha notado un exquisito aroma de madera. Se lo retira de la boca para echarle otro vistazo. Las ganas de fumar son monstruosas. Imbuido por la inminencia del humo denso de una hoja bien curada, se coloca de espaldas a la ventana abierta y enciende un fósforo, cuya llama arde encorvada hacia al tabaco mientras él lo gira y succiona, como ha visto que hacen los fumadores viejos. Como su padre.

Justo el aroma y sabor que había anticipado, piensa con la boca llena de humo y se relaja al instante. Por el aspecto que tiene el pie encendido, la combustión parece perfecta. Encuentra el tiro cerrado, pero tal vez se deba al calibre de apenas centímetro y medio, o a su falta de técnica, o a las dos cosas. Se lo va a fumar con una cadencia pausada, sin forzarlo, adaptándose a él, a lo que quiera dar de sí.

Dando vueltas por el estudio aprecia las bondades del primer tercio del tabaquito. Deja el humo en la boca otro instante, lo pasa por la nariz y el aroma le trae el recuerdo del cacao tostado que solía ver cargar a los estibadores en el Cerro, quienes cubrían sus cabezas y lomos con los sacos vacíos, como monjes encapuchados. Definitivamente, este Montecristo es para fumárselo en soledad, se dice. No solo ha disipado todas sus preocupaciones, sino que lo ha transportado a su infancia en La Habana y traído de vuelta a Miami en segundos.

Le vienen entonces a la mente algunos de los inmigrantes cubanos que ha conocido. Los hay pintores y poetas, los hay que se quedan en casa con sus hijos pequeños porque no les sale a cuenta trabajar y pagar por su cuidado, o dedicados a tiempo parcial a la política, o que no encuentran trabajo, o deprimidos. También santeros, brujeros y paleros. Mientras escucha a Simon y Garfunkel cantar una vieja canción peruana en el estudio contiguo, recibe la revelación de su nuevo oficio. ¡Lector e intérprete de puros!

—Mano de Orula, parodia yoruba. Dime... No, no te oigo. Ecue-Yamba, Ecue-Yamba. Orisha ob-la-di. Sensemayá la-da. *Eccola qua*, la Artemisa de Éfeso. Mis saludos. Aquí va mi letanía de Palo Mayombe y Banquo *du bard anglais*. ¿Humo? ¿Humo me dicen?

Por estos rumbos supone que podría empezar su lectura e interpretación de un buen Cohíba. No hay que vestirse de blanco, ni ponerse una guayabera, ni un pañuelo o sombrero de yarey en la cabeza. Nada de payasadas. Un buen ron añejo que no desvirtúe la lectura es todo lo que necesita para que las facultades paranormales afloren y los espíritus parloteen.

—Sambia primero que todas las cosas —dice, y empieza a dar vueltas al tabaco en su mano.

Después de preguntar el nombre y la fecha de nacimiento al interesado, y de calentar motores con whisky escocés si el embargo americano insiste en privarlo de Havana Club añejo siete años, procedería a leer un Cohíba lancero. Tendrá que aprender a encenderlo sin forzar tanto la respiración, y fumar con un poco más de elegancia, pero lo importante es la inspiración y el resto es bobería.

—¿Ves estos punticos negros en la corona? Tú escúchame hasta el final lo que te voy a decir y tómatelo con relatividad, que esta es una primera lectura y los signos todavía no están bien definidos. Yo suelo empezar por lo peor y puedo decirte que en la mayoría de la gente veo cosas bastante feas: separaciones de todo tipo, celos, chismes, enredos, traiciones... En tu caso solo tienes que vigilar la economía, que parece ser tu talón de Aquiles. Ahora fíjate en estas escamitas blancas. Es un amor que llega y, con él, nuevas amistades. ¿Ves este punto rojo aquí? Puede tratarse de un descuido relacionado con la salud, pero tú no eres tonta y te cuidarás. También podría ser una ilusión pasajera, un desengaño, pero de esto hay para todos, ¿no es verdad? No hace falta que te siga enseñando en el puro las manifestaciones concretas de lo que te voy a contar hoy porque, como comprenderás, no puedo ir por ahí confiando secretos sacros. Pero vamos al grano. No veo traiciones ni enemigos ocultos. Envidia sí, y falta de gratitud, pero no dejarás que te descarrilen.

De nuevo frente a la efigie del santo, retira la copita de vino de su sombrío entorno, espanta con un dedo el enjambre de guasasas en el borde, huele y prueba. Los clientes le lloverían desde lugares tan remotos como Las Vegas, Nueva York o Madrid.

—*Pour votre esprit*, Sarabanda —dice frente a un caldero de hierro de tres patas en una esquina, que rocía con ron de su boca—. ¡Dale salida! ¡Dale salida! *Oui, oui*. Ochún, Obatalá, *merci bien*. Aquí estamos, con todos los hierros. Olofi, chenche. Olofi, yényere, veo que quieres hablar. ¿Un trago? Listos para recibirte. Consúltame a esta persona que tengo frente a mí, te imploro.

La mente se le queda en blanco un instante antes de regresar al Cohíba, que además de dar una nota intensa de cuero, ha creado más de un centímetro de ceniza compacta de color gris claro, con discos y vetas blancas y negras. La ceniza: un mundo donde descifrar futuros en amores, en la vida laboral, la familia y la salud. Y el humo: infinitas posibilidades. Ya puestos, ¡hasta el fósforo y el árbol que lo parió!

—Eleguá, Changó, Yemayá, oigan el ruego de esta mujer venida desde Quebec. Su alma busca consuelo, su futuro está trazado en los cielos, de los cuales ustedes y solo ustedes tienen la llave. Ábranle las puertas del destino —recita tras subir el mentón, mirar hacia el cielo raso y expeler una bocanada de humo que llena la habitación.

Deja caer la ceniza en un plato blanco y la observa fijamente, como si se hubiera apoderado de él un suave trance.

—Sufrirás un poco más, buena amiga, pero el pesar se irá alejando poco a poco —dice a la joven sentada con las piernas cruzadas sobre una alfombrilla tunecina—. Te alcanzará una felicidad paulatina y profunda que alegrará tu cuerpo y espíritu. Veo que conocerás un nuevo amor y esta vez aprenderás a retenerlo. Ahora regresa a casa y confía en Yemayá. Haremos un seguimiento, por supuesto, pero de aquí a seis meses. Vuelve en medio año, no antes, a menos que sientas una imperiosa necesidad de consultarme sobre algún otro asunto. Creo que podemos dejar esta sesión aquí, pues tengo otra en menos de media hora y para entonces debo estar desconectado del todo. No te puedes imaginar lo que agota este trabajo. Como acordamos, serán doscientos.

Eduardo toma los cuatro billetes con la imagen de Ulysses S. Grant que le entrega la canadiense y los deposita entre el escritorio de roble y la base para el cirio encendido. Seguidamente hace unos pases de mano por la llama, invoca a Yemayá e impone las palmas a la muchacha, que arroja unas lágrimas.

La ayuda a levantarse.

—Ve, buena mujer, y que la felicidad y la energía crezcan en tu interior.

Con mirada encendida, la joven se retira caminando hacia atrás para no darle la espalda, como se le ha indicado. Se le escapa la vista hacia la cicatriz del vidente, pero enseguida la lleva al suelo y continúa su marcha atrás.

Una vez que la mujer ha traspasado la puerta, Eduardo incorpora los cuatro billetes al fajo de similar denominación. ¿Quién le habría dicho, cuando cruzó una calle maloliente y se le apareció una joven con la mano engrasada pidiéndole un pañuelo, que de aquello saldría todo esto? Se recuerda absorbiéndola con la mirada y el deseo mientras le inventaba todas aquellas fantasías que quedaron agazapadas en algún rincón de su memoria. Ahora la imaginación revive para sugerirle esta otra colosal bufonada que le hace ganar dinero así como aquella le hizo ganar un vaso de malta, una empanada y el amor de una bella muchacha.

*****

Cinco años más tarde, tumbado en bata de baño en la galería contigua a la piscina del condominio en Key Biscayne donde se ha comprado un apartamento de tres habitaciones con vista al mar, Eduardo vigila los movimientos de su sobrinito. Le gusta quedarse un par de horas con él para que Emilia pueda ponerse al día con su trabajo. La criatura le despierta una ternura que nunca antes había experimentado.

El niño deja de jugar sobre el parche de césped al lado de la galería y se acerca a la piscina. Quiere que su tío se meta en el agua con él. Eduardo menea la cabeza y redobla la atención. Por suerte, Emilia ha terminado su trabajo y ya está aquí con ellos. También la graciosa vecina brasileña, que trae de la mano a su hija, apenas unos meses mayor que Angelito. En cuestión de segundos, los pequeños inician sus juegos sobre la hierba bajo la atenta mirada de las madres, quienes dicen que la playa es más divertida que la piscina.

Eduardo no siente suficiente calor aún como para meterse en el agua. Demorará el momento del chapuzón disfrutando de su mojito. Se dice que, si no hubiera dejado ir a Beatriz, si entre los dos no hubiesen condenado a la nada a la criatura que ella llevaba en el vientre, tal vez ahora no se sentiría tan solo. Pero también es posible que en tal situación él no hubiese salido de Cuba y hubiese visto envejecer, agobiada por las rutinas que aún impone el sistema en la isla, a la estudiante cuya mano leyó aquella tarde de lluvia. Ahora la criatura iría coreando consignas huecas por ahí con el cuello en una pañoleta roja y tres varas de hambre. Claro que él no estaría tan solo, vuelve a pensar mientras sorbe entre hielos el fin del mojito y deposita el vaso en el suelo, al lado de la edición dominical de *El Nuevo Herald*.

—Y yo habría tenido un nietecito, o una nietecita —interviene Ángel.

Con los ojos entornados, Eduardo ve venir a su padre, acompañado por el olor a salitre y el ruidoso batir de unas olas encrespadas. Se desplaza a buen paso y con resignada elegancia a pesar de que le faltan las dos piernas. De los cortos muñones le cuelgan venas, tendones y nervios en madejas, y lleva el abdomen desgarrado, con las entrañas a la vista. Pero la expresión de su cara es la misma de siempre.

—¿No ves que ya tienes un nieto? —replica Eduardo tras salir de la confusión inicial—. Emilia te lo ha dado. Es hermoso y se llama como tú.

Ángel asiente con la cabeza y muestra su peculiar sonrisa como si no estuviera hundido en el Caribe, procesado por el sistema digestivo de un maldito escualo. ¿Por qué sonríe tan amorosamente?

—Parece que el tiburón quiso ensañarse contigo.

Mientras hace este comentario, Eduardo se esfuerza por retener las lágrimas que están por brotarle, a diferencia de las que no pudo derramar cuando su padre desapareció en el oscuro mar.

—Todo el mundo tiene derecho a comer —dice Ángel, que continúa sonriendo, tendido ahora en la tumbona de al lado.

—No sabes lo que me alegra que vengas a vernos. Tenía tantas ganas de hablar contigo. Te fuiste sin darme tiempo a decirte un montón de cosas.

—No te preocupes. Es lo que pasa casi siempre. Los acontecimientos de la vida no dejan mucho tiempo para que la gente abra su corazón. Solo lo hacemos después de la partida. Por eso los que nos vamos solemos volver, al menos por un rato, para retomar conversaciones inconclusas. Ya estamos hablando de lo que quieras. Tampoco es cosa de que nos pongamos serios ni melodramáticos.

—¿Has visto que Emilia escribe para *El Nuevo Herald*? —pregunta Eduardo al ver que su padre ha tomado el periódico de debajo de la tumbona—. Está hecha una articulista de primera.

—Ya veo. Siempre tuvo sus criterios propios —comenta Ángel sin apartar la vista del artículo, que va efectivamente firmado por Emilia Ribot.

—Sus escritos de opinión están entre los más sobrios que se publican aquí. El otro día demostró con cifras que la cantidad de balseros haitianos y dominicanos es más significativa que la de cubanos si se tiene en cuenta…

—"Frente a la política de 'pies secos - pies mojados', que solo permite quedarse a los que tocan tierra firme, los cubanos cambiaron sus maltrechas balsas por las lanchas rápidas de los traficantes de personas" —lee Ángel en voz alta—. Salto evolutivo aparte, este es otro notable artículo, como el de la olla a presión de la emigración que El Fifo manipula a su antojo. Talento e inspiración no le faltan. Me alegro mucho por ella.

Padre e hijo continúan hablando de política como si nada hubiera ocurrido aquella lejana madrugada en alta mar; como si se hubieran visto apenas unas horas atrás, y también ayer, y anteayer.

—Si sigue siendo tan objetiva, no me sorprendería que un día de estos la censuren. Oye, ¿no tendrás para mí uno de esos Cohíbas?

—Un segundo —responde Eduardo antes de correr al apartamento.

Hurgando en la gaveta del escritorio de roble donde guarda los artilugios del oficio, toca el viejo trozo de papel, que extrae y lee una vez más:

Querido hijo:
Espero que me perdones por lo que voy a hacer en tu ausencia. Un día comprenderás que lo hago por el bien de la familia. Si sales de pase y ves esta nota, ve para la embajada de Perú, que es adonde me voy ahora con Mireya y Sofía. Primero trata de ponerte en contacto con tu hermana. No he podido hablar con ella porque no tengo la dirección de la casa en la playa donde está y Mireya no quiere esperar más.
Un abrazo bien fuerte y espero verte pronto,
Tu papá

Recuerda haberlo encontrado sobre la mesa del cuartico en el Cerro durante una de sus escapadas del Servicio Militar. Y haberlo escondido en una versión francesa que tenía de *La rama dorada*, pues era demasiado tarde para poder asilarse: ya habían acordonado la embajada.

En su siguiente visita al cuarto, sin embargo, allí estaba su padre como si no hubiera pasado nada. Ninguno de los dos mencionó jamás aquella nota de despedida.

Cuando regresa a la piscina con el puro, Ángel ya no está ni en la tumbona, ni en el agua, ni en los alrededores.

—Al final no me fui porque no soportaba la idea de alejarme de ti y de Emilia. Lástima que ella y Pepe se hayan divorciado. Hubo un tiempo en el que hacían buena pareja —admite Ángel, de nuevo en la tumbona y extendiendo una mano hacia el tabaco que le ha traído su hijo—. Al menos ahora se le ve contenta con ese precioso niño.

—Va a ser todo un galán, ¿verdad?

—Sí, y me importa un carajo quién pueda ser el padre: es mi nieto y ya está. Tú cuídalo como si fuera tu propio hijo. Y a tu hermana, que ella a ti te quiere con locura.

—Puedes ver que la mimo como a una reina. Dice que la cena que le preparé el domingo fue toda una revelación: *insalata caprese* con forma de bandera italiana y *linguine alla puttanesca*. Hoy la sorprenderé con una "noche cubana": congrí, yuca con mojo, plátano frito y un rollo de lomo de puerco mechado con chorizo y aceitunas rellenas de pimiento. Para chuparse los dedos, ¿eh?

—Necesita que la mimen —insiste Ángel.

—¿Y qué crees que hago? Como mínimo los saco a pasear un par de veces por semana. El mes que viene nos vamos a dar una vueltecita por San Francisco, que Orlando ya lo tenemos aburrido y casi acabamos de volver de Nueva York y Boston. No podemos quejarnos de nada, papi. Créeme que estamos encantados de la vida. No sabes cuánto lamento que no hayas podido llegar.

—¿Y quién dice que no he llegado? Yo llegué. Y tu mamá. En ustedes, que son la sangre. Métetelo en la cabeza: llegamos todos.

Eduardo se incorpora, pero su padre ya no está en la tumbona aunque el humo de su tabaco continúa flotando en el aire. ¿O proviene del de Eduardo? Da unos pasos hasta la barandilla de la galería, mira en todas direcciones, pero no lo ve por ningún sitio. Entonces dirige la vista por encima del mar hacia donde debe de estar La Habana.

—En ustedes, que son la sangre —repite en voz alta con la mirada perdida en el horizonte de olas.

FIN

Interacción con el autor

Gracias por leer *Olas*. Si ha disfrutado el libro y cree que lo recomendaría, quizás pueda dedicar unos minutos a escribir una reseña en el sitio web del distribuidor donde lo adquirió. Otros lectores con intereses similares se lo agradecerán.

Si desea hacerme algún comentario honesto y constructivo, escríbame a **info@joseramontorres.com**.

Mi segunda novela es un viaje en dirección opuesta al de *Olas*, del Primer Mundo al Tercer Mundo. Encontrará un fragmento en **www.joseramontorres.com**.

Para mantenerse en contacto mediante las redes sociales puede usar **www.facebook.com/jrtorresaguila** y **twitter.com/JRTorresWriter**.

Muchas gracias otra vez,

José Ramón Torres
Cambridge, Reino Unido
30 de septiembre de 2014